うなされ上手

中川いさみ

晶文社

装丁：池田進吾（67）

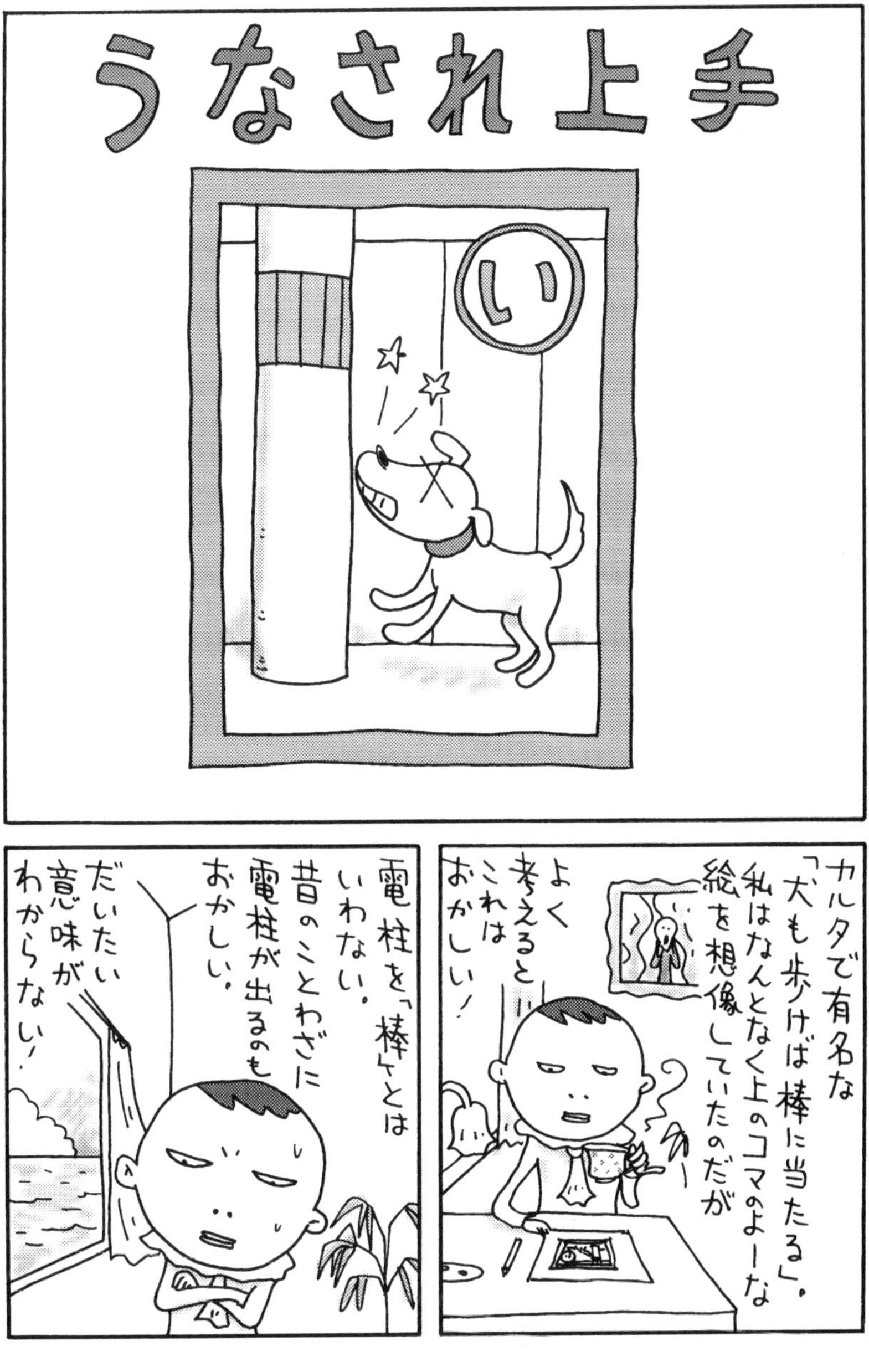

うなされ上手
い
カルタで有名な「犬も歩けば棒に当たる」。
私はなんとなく上のコマのよーな絵を想像していたのだが
よく考えるとこれはおかしい!
電柱を「棒」とはいわない。
昔のことわざに電柱が出るのもおかしい。
だいたい意味がわからない!

ボーっと油断して歩いていると犬でも電柱にぶつかるという。
「サルも木から落ちる」と同じような意味なのか？
調べてみた。
①犬も黙ってじっとしていればいいものをあちこちうろうろうろつくから人間に棒でたたかれる羽目になる。
出しゃばると思わぬ災難に遭う。
（元々の意味）
②何もせずにじっとしているより、何でもいいからやってみれば、思わぬ幸運にめぐり合うかもしれない。
（現在はこの意味）
と、2つの説明があるがどちらもいまひとつ納得できない。
①の説明
人間に棒でたたかれることを「棒に当たる」というのはおかしい。
これだと「犬も歩けば棒でたたかれる」だ！

②の説明もおかしい
「思わぬ幸運」だったら
棒ではなく
骨か肉であるはずだ!!
うひょー!!
そこで私は私なりに
このことわざの正しい意味
について考えてみた。
まず
「犬も歩けば」の「ば」は
仮定を表す「ば」なので
「犬がもし
歩いたならば」
ということで
あるが、
犬はもちろん歩くので
この場合
「犬がもし(2本足で)
歩いたならば」という
意味である。
「棒に当たる」の
「棒」とは
「棒棒鶏」(バンバンジー)
のことであろう。
「当たる」は
「腹を下す」とゆー
ことであろうぞ。
う、!
いたたたたた…

以上から「犬も歩けば棒に当たる」とは「犬がもし2本足で歩いていたならば、棒棒鶏を食べると腹を下す。」ということである！

つまり「犬が2本足で立って歩いている日には決してバンバンジーを食べてはいけない!!」という強い戒めのことわざである!!

カルタにするとこんな感じでしょうか？

い
以上

うなされ上手　目次

ホラーな世界

日常の恐怖

人体の神秘

マスメディアの真実

ホラーな世界

なるべくなら人に呪われたくないとおれは思う。人を呪うのもいやだ。「人を呪わば穴二つ」だからだ。どこに空くの？　指が入る位の穴？　不安だ。
人も呪うが動物だって呪う。特に猫だ。あいつらがなぜイケシャーシャーと坊主に袋詰めにされることもなく、都会の生活をエンジョイしているかというと、呪うからだ。呪われたくないから人は猫に手を出さない。カラスもそうだ。では猫やカラス以外に呪う動物がいるだろうか？
リス辺りが怪しいとおれは見ている。
あんなにポッテリとして不潔感の無い動物をなぜみんな食わないのか？　多分呪う

リスの呪い

からだ。はたしてリスの呪いとは一体どういったものか?

まず歯が伸び続ける。朝目が覚めるとホッペタが木の実でパンパンになっている。木の上に巣を作る。北半球の森林に広く分布する等恐ろしいものばかりである。以上の症状に身に覚えのある人はリスの呪いを疑った方がよい。

リスはまあいい。おれはいぢめたことないから。怖いのは日頃食べている生き物の呪いである。例えば世界呪い学会みたいな所があって、そこがある日突然「アジはわずかながら呪う」などと発表したらどうか?

●人を呪わば穴二つ

ことわざ。穴は墓穴を意味する。人を呪って墓穴を掘る者は、その酬いで自分の墓穴も掘らなければならなくなる。人を恨んだり呪ったりすると、さらに自分も不幸になるの意。

「火曜サスペンス録画し忘れちゃった！」

これがアジの呪いによるものであったらどうであろう？

「今日の新聞でゴキブリたたいちゃった！」

これが晩飯のおかずに食べたアジの呪いのなせる業であったとしたら？

言っておくがこれはあくまで「煮る」「焼く」「フライにする」程度の場合の呪いである。これが「たたき」であった場合状況はやや異なる。誰だってあんな食べ方はされたくないだろう。生なうえにたたかれるのである。

「たたくな！」

おれだったら言う。「お願いだから開き

にして！」言うね。で、「水着の女の子が沢山いるビーチで干して！」それは贅沢かもしれない。しかし「イカと一緒に並べて干さないで！」くらいのことは言っておきたい。

そんな訳で「たたき」にして食べた場合の呪いは少し重い。「床屋で目が覚めたら坊ちゃん刈りにされてた！」もうそれくらいは覚悟しておくべきであろう。

ところでこの前おれはフジツボを食べて大変おいしかったのだが、あれなんでみんな食べないの？　呪うの？　誰か教えて！

人はミイラになろうという意志がない限り絶対ミイラにはならないらしい。「定説」によると。しかし現代の日本でミイラになるのはなかなか難しい。自宅でミイラになろうなんて思っても、途中で家族や友人に見つかったら終りだ。

「ただ今ミイラ中。触るな！」なんて紙を貼っておいても駄目だろう。居間のテーブルに置いてある作りかけのプラモデルじゃないんだから。だいたい「ミイラ中」ってのはなんだ？

　では山にでも行って土のなかにもぐってミイラになるか？　これも一人だと埋まった跡の偽装工作ができないのですぐに発見

ミイラ

されてしまう。

やはりミイラになるには身内や友人の助けが必要だ。

で、うまいことそーいった人を見つけた場合、次の問題はどーゆーミイラになるかだ。

まず第一に、将来展示されることを頭に置かなくてはいけない。

例えば君がピンポン玉二十個口に入れられるからといって、ピンポン玉二十個口に入れたままミイラになってはいけない。千年後の人々がミイラになった君の姿を見て現代がどーゆー時代だったのかを思い巡らすかもしれないからだ。

●ミイラ
ドラキュラやフランケンシュタイン同様、モンスターの一種と思われがちだが、正確には皮膚がついたままの死体。主として宗教上の信仰から、人工的に防腐処理をされている。漢字では「木乃伊」と書く。

「ああ千年前の人達はみんなピンポン玉を二十個口に入れたりしていたんだなあ」などと思われてしまうかもしれない。

君の勝手な特技自慢が我々みんなの迷惑になるのだ。よく考えてミイラになってもらいたい。

ミイラになるならやはり時代を象徴するようなものになって欲しい。

「テレビゲームをやっているミイラ」

いいかもしれないが、途中でテレビゲームが抜き取られ、コントローラーの代わりに灰皿なんか持たされた日には、「ミイラがついている変な灰皿」となって、灰皿のほうが主になってしまう危険性がある。

うなされ上手

「すね毛を抜いている男のミイラ」

無駄毛を気にしている現代人の姿が象徴されていてなかなか素敵なミイラだが、そんなもの未来に伝えてどうするかとゆう気もする。

ミイラになるのも大変だ。

「将来は漫画家かミイラでいいや」

そんな安易な気持ちは捨てた方が身のためだ。

時々無性にみかんが食べたくなるときがある。多分ビタミンCが不足しているときだ。これは「ラーメンが食べたい」というのとは違って、頭でなく体が要求しているような感じがする。

この前ビデオで『キングダムⅡ』と『ブレイド』を見て、その後映画館で『エンド・オブ・デイズ』を見た。

『キングダムⅡ』は『キングダム』の続編だ。当たり前か。デンマーク版『ツイン・ピークス』みたいなテレビシリーズである。「病院ホラー」とひと言では言えないような複雑でグジョグジョな話で、こんなものテレビでやっているデンマークって国はどうか

怪優ウド

しているとしか思えない。

『ブレイド』は黒人バンパイヤがやたらかっこいいアメリカン・コミックみたいな映画だ。「半バンパイヤ」である主人公がバンパイヤにならないように定期的にニンニクを注射しているところが笑える。

しかしどーしてアメリカやヨーロッパの映画は注射しているところをアップで映すのか？　日本では何か特別な意味がない限り注射針刺しているところをアップで撮ったりしないが、アメリカやヨーロッパの映画は必ず撮る。注射好きなのか西洋人は？日本でゆーところの『水戸黄門』における由美かおる入浴シーンみたいなものか？

●ウド・キアー
1944年ドイツ出身の俳優。独特の存在感をもち、『悪魔のはらわた』などのエログロ・スプラッタからハリウッド大作まで芸域は広い。近年はラース・フォン・トリアー監督作の常連としても知られる。


お約束か?

注射マニアが沢山いて、「この映画はキャメロン・ディアスの注射シーンが三回ある」とか、「ミシェル・ファイファーの注射シーンは残念ながら吹き替え」とか、「注射版お宝映像」ってのがあるのか?

まあ確かに女優だとセクシーな感じはあるが、『ブレイド』は太い首に思いっきり刺して、全然セクシーじゃなかったぞ。『エンド・オブ・デイズ』は半分くらい寝てたのでよくわからないが、シュワちゃんが余計なことしなけりゃあ娘一人死んだだけで平和な年末だったのにって映画だった気がする。シュワのバカ!

で、なぜこの時期にこの三本を観たのか？　この三本に共通しているのは、あのアンディ・ウォーホルの『悪魔のはらわた』の怪優ウド・キアーだ。実はこの時期、体がウド・キアーを求めていたのかもしれない。あのボッキ中のチンポみたいな顔のウド・キアーが足りない日常ってのは何なのか？　少なくとも満ち足りているよりはましな気はするが。

岡山県でツチノコが発見されたというニュースがあった。

今さらツチノコが見つかってもなぁって気もした。何だか、昔好きだったアイドルが、ヘアヌードになったときの気分に近いか？

なぜ今になって脱ぐ？　なぜあの時に脱いでくれなんだか？

あんたがあの時に脱いでくれさえいたら、この村の住人三千人は、飢え死にせずにすんだものを！

まあしかし、世の中というものはそういうものだ。探し物は、必要なときには見つからないのだ。探し物はなんですか？　そ

ツチノコとオバサン

れよりぼくと踊りませんか？

「人が一生懸命探し物してる時に、のんきなこと言ってんじゃねーよ、アホンダラ!!」

　話は戻るが、結局ツチノコは鑑定の結果、ヤマカガシだか何だかの奇形種だったらしい。太くて、二メートルジャンプしたら（目撃者の話）、もうツチノコでいいじゃん！と思うが、どうか？

　しかし私が本当に注目したいのは、ツチノコが本物であったかどうかではなく、それを埋めてしまったオバサンの存在だ。

　写真を見た人はわかると思うが、ツチノコみたいな物は、乾燥した犬のウンコの様

●ツチノコ
蛇に似た不思議な生き物。30～80cm、三角形の頭、ビール瓶ほどの太さの胴体、まっすぐ前後に動く、ジャンプする、いびきをかく、まばたきをする……日本全国目撃談は多いがいまだ捕獲されていない。

にボロボロだった。心優しいオバチャンが、死んだ蛇をかわいそうに思って埋めてしまったものを、後から掘り返したためらしい。

オバサンの「親切パワー」は、時として厄介だ。

ヒ素カレー事件のときも、親切なオバサンが、カレーの残っていた鍋を洗ってしまったために、捜査が難航してしまったらしい。オバサンは洗う。

あと、道端に靴が一足、バラバラに落ちていた場合、普通の人は、何かあったのかと想像する。

誘拐、自殺、ひどい水虫、アベベ。

しかしオバサンは違う。

靴を揃える。

道端に、きちんと揃えて置かれた靴は、それはそれで不気味だ。

例えば、スーパーマンが変身するために、電話ボックスで荒々しく服を脱ぎ捨てても、その後にオバサンが入ったとしたら、まず服は間違いなく畳まれているだろう。

電話ボックスの中できちんと畳まれたシャツやズボン。不気味だ。

事件を難解にしている物の多くが、こういったオバサンの「親切パワー」であることは、まず間違いない。

暑い。毎年夏になると感じるんだが、子供の頃、夏ってこんなに暑かったか？　体力が落ちてきただけのことか？

昼近くに起きて外に出ると、熱気で押し戻されてしまうぞ。まるでドアの前に、水戸泉が立っているかのようだ。

私はあの天気予報の、

「今夜も熱帯夜です」

ってのが嫌いだ。

ただでさえ寝苦しいのに、「熱帯」なんて言葉使われた日にゃあ、何だか天井から、アナコンダがぶら下がっていたり、巨大ムカデが枕の下でうごめいていたり、吹き矢を手にした、色黒で裸の男が、窓から覗い

熱帯夜

ていそうで、さらに寝苦しくなるじゃないか。

「傘を持ってお出かけ下さい」や、「洗濯をするのに絶好の日です」とかのアドバイスはいいいよ。役に立つから。でも、「今夜は蒸し暑く寝苦しいです」なんてわざわざ言う必要があるのか?

　注射する前に、

「ものすごく痛いですよ」

って言ってる様なものじゃないか。

　痛いのはわかっているんだから、そんな選択の余地が無い事に対して、あらかじめ辛い感覚を思いださせるのは、単なるイヤガラセじゃないのか?

●**熱帯夜**
最低気温が25℃を上回る夜のこと。1994年には東京で47日、大阪で59日の熱帯夜が記録された。2004年都心部では、最低気温が30℃を下らない熱帯夜を記録（観測史上初）。

だいたい、雨の予報を時間別に降水確率で表示している時代に、「熱帯夜です」はアバウト過ぎないか？　温度や湿度によって寝苦しさの表現を変えるべきだと思うぞ。

それ程でもない夜は、

「郷ひろみ夜」

とか。暑いけどまあちょっと許せる感じはある。

もっと寝苦しくなると、

「森田健作選挙演説最終日夜」

ああ暑い、うるさい、くどい、寝苦しい。

しかしさらにひどい夜は、

「外国人相撲取り三十一人コンテナで不法入国夜」

すごい暑さだ。おまけにそのコンテナ、陸揚げしてから三日間、炎天下に置きっ放し。外国人相撲取り三十一人の安否が気遣われようってもんだ。何の話だ？

「熱帯夜」がいやだって言ってるのに、さらにいやな言い方考えてどうする？

　それなら、

「叶姉妹に挟まれ夜」

なら、暑くてもちょっと我慢しようかって気になるか？

　動物好きなら、

「コアラ十四頭に抱き付かれ夜」

はどうか？　寝苦しさにおいては、最高ランクにあると思うが。

岐阜の町営住宅で今、ポルターガイスト騒動が起きている。変な金属音がする、茶碗が飛び出して割れる、ドライヤーがコンセントに入れてないのに、突然作動し始める等、大騒ぎだ。
「階段に知らない女性が座っていた！」と騒いでいた人もいたが、それはただ単に、「階段に知らない女性が座っていた」だけのことだと思うが。
例によって、新倉イワオ先生や、髪形が怪しい音響学の先生が調査していたが、どうなんでしょうか？
私の家も最近何だか続けざまに電気製品が故障しているんだが（電話、テレビ、シャ

ポルターガイスト

ワートイレ等)、何かあるのだろうか？なんてこと言うと、季節の変わり目で気温が急に下がって、電気製品の内部に露が付いたんだろなんて、あっさり片付けられちゃったりして、がっかりする訳だが、だからといって、心霊関係に結び付けられたいという訳でもない。

要するに科学でも心霊でもない、「ほどほどのもの」が欲しいのだ。適当に面白くて、怖いもの。何かないか？

「妖精のイタズラ」

さすがにそれはちょっと。「妖精のイタズラ」で済むような問題は、始めから問題ではない。

●新倉イワオ
1924年生まれ。テレビ局ディレクターとして活躍後、放送作家に転身。「あなたの知らない世界」で心霊番組の一大ブームを巻き起こす。日本心霊科学協会理事を務める。


「なぜおれが突然イボ痔になんかなったのだろう?」

「ま、妖精のイタズラだろ?」

これで気が済むだろうか? 妖精なら仕方ないと思うか? 肛門の辺りをイタズラしている妖精を想像して、無性に腹がたってこないか?

妖怪ならどうか? 日本人ならやはり妖怪だろう。妖精よりはずっと、気が済む感じがする。

「小豆洗い」

小豆を洗っているだけの妖怪である。全く意味がない奴だ。

小豆を洗っている最中に、小豆が電気製

品のなかに飛び込んで、それが故障の原因になっていると考えたら？

「しょーがねーなあ。今後は気を付けろ！」

　これで済みそうじゃないか。あんな意味のない奴に何を言っても仕方ないからだ。

　どーも日本人は、何か不可解なことが起きると、すぐ科学か心霊に答えを求めようとするが、妖怪の事をもっと考えようじゃないか。妖怪で済むことは妖怪で済ませようよ。

「小豆がバチバチ肛門に当たってイボ痔に！」

　イボ痔はやはり病院に行った方が良さそうだ。

田中真紀子外相を見ていると良くわかるが、がんばっているおばさんというものは怖いものだ。顔が。野党の人達はまず、田中真紀子の中に誰が入っているのかを追及すべきだったんじゃないかと思う。もはや、後の祭りであろう。

先日、けっこう急な坂道を、自転車に乗ったおばさんが、「立ちこぎ」でぎゅんぎゅん上ってくるところに出くわした。しかもあの、競輪選手のような前屈みの姿勢で。

「こえ〜〜!!」

あの怖さはいったい何だったのか？　あの場合、「がんばっているから」というより、「ストイックな感じ」が怖かったのかもし

おばさん

れない。

「ストイック」というと私達はどうしても、着物を着たおやじが、耳掻きのぎゃくっかわに付いているフワフワ部分のような物で、日本刀をポンポンたたいている所を思い浮かべてしまうのだが、あれは一体何をやっているのか？

①指紋の検出
②日本刀にびっしり張り付いている貝殻虫の除去
③なんとなく

どれも「ストイック」とはおよそ無縁な行為だ。私達は恐ろしいことに、何の根拠もなくあの行為を「ストイック」と見なし

●広末涼子
1994年にCMデビュー。清純なイメージで人気が沸騰する。99年には早稲田大学教育学部の自己推薦入試に合格し、さらなる話題を呼ぶ。2001年5月、映画『WASABI』の記者会見中に主演ジャン・レノの隣で突然号泣し、ファンをやきもきさせた。


ていたのだ。

「日本刀ポンポン」よりも、「女体盛りの前で、ドミノ並べ」の方がどう考えてもストイックだ。間違ったイメージはなるべく早いうちに修正するべきであろう。

話は戻るが、ストイックなおばさんは本当に怖いのだろうか？　ちょっと思い出してみよう。

「滝に打たれるデヴィ夫人」

怖かった怖かった。なぜあんな物がテレビに映されていたか全く理解できないが。

「北極点に立つ和泉雅子」

怖かった。「そんなこと誰も覚えてねぇよ！」と言われれば返す言葉もないが。

「自分の太股にめり込んだ弾丸を、熱したサバイバルナイフで摘出する瀬川瑛子」

「手錠をかけられた自分の腕を斧で切断する平野レミ」

「火山から流れ出る溶岩を全身で受け止めて町を守る扇千景」

以上は妄想だが、ストイックなおばさんの怖さが多少なりとも伝われば幸いである。

しかし、おばさんだから怖いのかと思ったらそうでもない。最近テレビで見た中で一番怖かったのは、ストイックでもおばさんでもない、「号泣する広末」であった訳だから。

前回、急な坂道を競輪選手のような前屈みスタイルの立ちこぎでぎゅんぎゅん上ってきたおばさんが怖かったという話を書いたが、この前もっとすごいのを見た。
　私は下高井戸の住宅街を歩いていた。その日は午後から雨が降りはじめ、ずぶぬれで歩いている人もけっこういたのだが、突然曲がり角から、着ているブラウスを頭まで引っ張り上げ、ジャミラ状態になったババアが自転車で私の目の前を通り過ぎていったのだった（イラスト参照）。
　それはもうどっから見ても自転車に乗ったE．T．以外の何者でもなかった。違いといえば、運転している少年がいなかったこ

雨のおばさん

とだけだ。

「あのババア絶対空飛ぶ！」

　しばらく見つめていたが、結局空は飛ばなかった。まあ現実とはそういうものであろう。

「あのバアサンが空飛んだら、おれひきこもりやめる！」

「あのクソババアが空飛んだら、あたいハンパやめる！」

「あのバアチャンが空飛んだら、おいら思い切って包茎手術受ける！」

　そんな若者達の最後の淡い期待にババアは決して答えたりしないのである。

　着ている物を頭に引っ張り上げるくらい

●ジャミラ

『ウルトラマン』“第23話／故郷は地球”に登場する怪獣。もとは人間だったが、有人衛星実験の失敗で、惑星に不時着。変わり果てた姿となって地球に帰ってくる。ウルトラマンは、やはり彼を葬らねばならなかった。

なら、まだいい方だと思う。突然の雨はおばさんをいろいろなものに変身させる。

スーパーの買い物袋をかぶって歩いているおばさん。よくいる。そーゆーのに突然出くわすと本当にビックリする。誰？　イギリスの王女様？　それともナイチンゲール？　もしかして、おジャ魔女どれみ？

ハンドバッグをかぶっているおばさん。あなたはだれ？　ナポレオン？

お皿をかぶってるおばさん。あなたは誰？　ザビエル？

あっ　そこの百円ショップで買った黒いゴミ箱をかぶっているのはもしかして、メーテル？　ください！　機械の体ください！

　全身にスッポリと白いゴミ袋かぶっているあなたは、オバケのＱ太郎？　Ｑちゃんでしょ？

　デパ地下で買ったばかりの春巻き十個頭にのせているあなたは、バッハ？　バッハなのね？

　フランスパンとかロブスターとかいっぱい頭にのせてるあなたはもしかして、ダリ？

　ま、雨は女性を魔物に変えるとか、そんな感じですか。

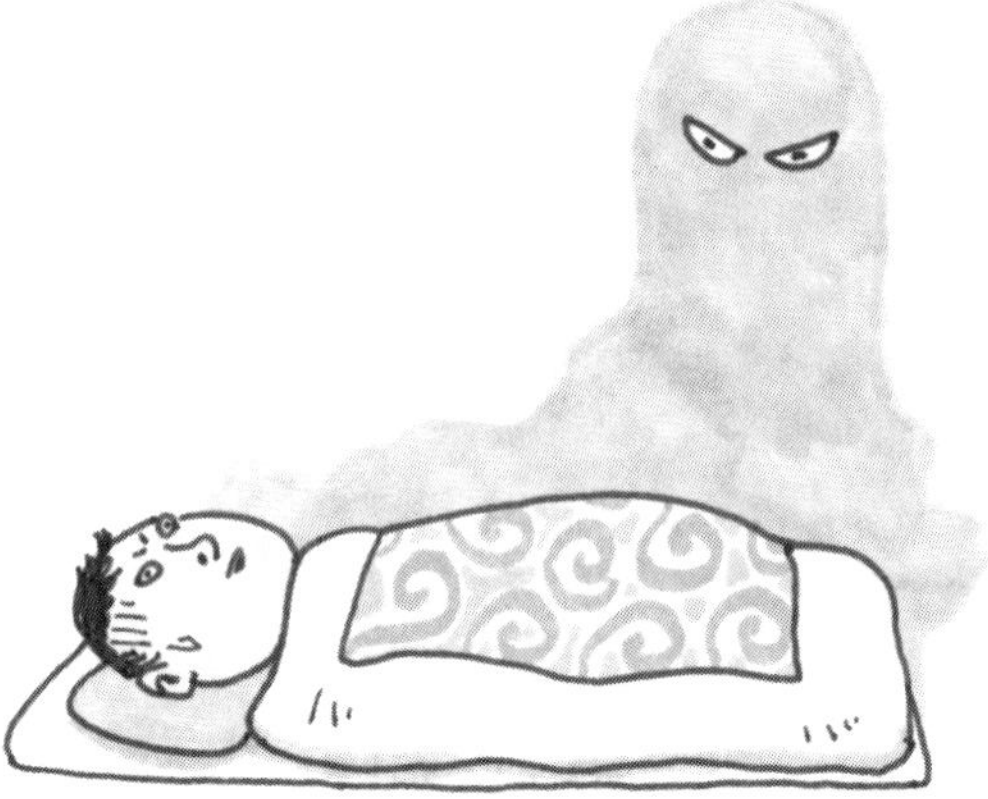

真夜中の音は気になる。どんな小さな音でも、気にし始めるとどんどん気になってくる。
よく言われるのが冷蔵庫の音だ。突然ぎゅういいいいんとか言い出す。びっくりする。いま「ぎゅういいいいん」と書いて変換したら、「牛言い委員」と出た。「牛言い委員」って何だ!? どーゆー委員だ!? 「じゃ、今日欠席の中川君は、『牛言い委員』に決定しました。」
いやだ、休んでる間にそんなものに勝手に決められたらやだ！ 牛になんか言うのか？ 学校にあまり出てこない牛を説得しに行くのか？ 教室でうんこしないように

真夜中の音

とか注意するのか？　よだれ拭いた方がいいよとかアドバイスする役か？　誰がやるか、ふざけやがって！

　話を戻すが、冷蔵庫以外にも夜中に音を出すものがある。浄水器だ。ゴボゴボやっているのだ。浄水してやがるのだ。当てつけがましく、夜中に仕事しやがって。

　あとガリガリすごい音出しているのがカブトムシだ。いるんだよ三匹。もうあいつら完全な夜型。夜中の三時とか元気元気。飛ぶ飛ぶ、飼育ケースの中で。元気なものを見るとつい何かに使えないかと考えてしまう。カブトムシを入れて使うラジオとか、ひげ剃りとかないのだろうか？　一カブト

●カブトムシ
夜型のカブトムシをつかまえる方法は以下の通り!?①カナブンやスズメバチの羽音を手がかりに、樹液の出るクヌギの木をさがす。②明け方そこに行けば、夜のうちに蜜に群がったカブトムシたちが……！

ムシ、または三コガネムシ使用。テントウムシの場合三十四匹ご用意ください。なお、ナメクジ等は決してご使用にならないでくださ い。なんて説明書が付いてたりしてさぞかし愉快だろうに。

虫といえば、あの夜歩いているとじ〜〜って聞こえる、あれはなんて虫の鳴き声だろう？　虫じゃないのかも知れないが。虫じゃなかったらどうしよう？　じ〜〜〜っと立っている人だったらどうしようか？　音が出るくらいだから多分ハンパじゃない立ち方だ。もう全身立ちまくり状態？　鳥肌から毛からチンコから、およそ立てられるものは全部立てているに違いない。それもかなりの長時間。あるいは、じ～～～っと何かを凝視している人だったらどうしようか？　誰かの家の窓を見つめているストーカー野郎だったらまだいいのだが、自分の手のひらをじ～～～っと見つめている人がいたら、かなり怖い。時々笑ってたりしたらものすごく怖い。

夏の真夜中の物音は、あまり深く追求しない方がいいような気がする。

　どうも最近、新聞のテレビ欄を見ていると、なんだか虫の卵のような小さいつぶつぶがいっぱい張りついているような感じがする。よく見るとそれは、㊙という文字（マーク？）であった。この㊙がやたらといろいろな番組のタイトルに使われているのだ。あまりに多いので、数えてみることにした。

［朝日新聞　朝刊テレビ欄］

二月一日（木曜日）　七個
二月二日（金曜日）　九個
二月三日（土曜日）　十二個
二月四日（日曜日）　十二個
二月五日（月曜日）　九個

㊙

二月六日（火曜日）　七個
二月七日（水曜日）　七個

曜日別に見るとこんな感じだ。次にテレビ局別に見てみる。

ＮＨＫ　〇個
ＮＨＫ教育　〇個
日本テレビ　二十一個
ＴＢＳテレビ　六個
フジテレビ　十三個
テレビ朝日　十四個
テレビ東京　九個

さて、この数字を見て、何か感じないだろうか？　ＮＨＫは両方とも〇である。ＮＨＫは一週間のうちに一回も㊙という文字を番組タイトルに使っていないということだ。何か規制でもあるのだろうか？　視聴者を徒《いたず》らに惑わせるような文字を、番組タイトルに使ってはいけないというような。

私が気になったのは、それぞれ異なる番組で使用されていたにもかかわらず、曜日別で、㊙の数が大体同じだったことだ。土日で十二個、平日は七個か九個。もしかして、一日分のテレビ欄で、㊙マークを使用できる数は決められているのではないだろうか？　そう考えた私は、知り合いのテレビ業界人をサウナ風呂に閉じこめ、尋問したところ、大変な㊙情報を聞かされたのであった！

●ＮＨＫと民放

ＮＨＫは受信料を財源とする公共放送。それ以外は民間放送。広告収入や有料放送収入を財源としている。著者が東京在住のため、エッセイ中のＮＨＫ以外の放送局は、東京近郊に電波発信する局である。

「㊙市場の存在」

　あまり大きな声では言えないが、毎週月曜日にある場所で、テレビ欄に載せる㊙マークの競りが行われているのである。私も業界人になりすまして行ってみたが、民放各局の人間が必死で㊙マークを競り落とそうと、それはえらい騒ぎであった。数字を見てもわかるように、日テレがかなりの勢いで買い占めていたようだ。やはり、㊙マークが視聴率に与える影響は、相当大きいらしい。

　ちなみに、今回の原稿で使用している㊙マークはその㊙市場で手に入れた新鮮な㊙マークである。違いがわかるだろうか？

『ハンニバル』の試写会に行った。なんか赤塚不二夫のギャグ漫画実写版みたいな映画でおもしろかった。次回パート3はもっと笑かしてほしい。

しかしリドリー・スコットの映画って、何でいつもああ画面が暗いのか？ みんな暗い部屋で仕事してるし。目悪くなるぞ。で、なんかいつもでっかい換気扇みたいなのが回ってるし。風邪ひくぞ。

私は原作本を読んでいないのだが、わりと原作に忠実だったらしい。『ハンニバル』の原作を読んだ小学館の某漫画雑誌の編集長が、最後の所で床にたたきつけたと言っていたが、全く同じことを、文藝春秋の某

パンッ！

雑誌の編集長が言っていたらしい。

「雑誌の編集長が、読み終わった後床にたたきつけたくなる小説」

「ハンニバル」は、そんな風にカテゴライズされる小説といってもいいだろう。全国の、まだ「ハンニバル」を読んでいない雑誌の編集長を体育館に集めて、最後まで読ませる。なんてイベントはどうだろうか？ 読み終える頃になると、本を床にたたきつける音が聞こえてくる。

「パンッ！」

その音が次第に数を増やしていく。

「パンッ。パンッ。パンパンッ。パンパンパンパンパンパンパンパンパンパンパンッ！」

●リドリー・スコット
1937年イギリス生まれ。アカデミー監督賞で3度のノミネート歴をもつ、鬼才映画監督。『エイリアン』『ブレードランナー』などのカルトSF大作で人気を博す。弟のトニー・スコットも映画監督。

まるでポップコーンを作っているみたいで、おもしろいに違いない。

本が期待はずれだったときは、いろいろ出来るのである。床にたたきつけるだけで気が済まなければ、破る、焼く、煮る、酢で締める、ごまであえる、みんなが見ている前でカバーを取る。誤字、脱字を執拗に指摘して辱める。定食屋に、店の名前を油性ペンで大きく書いて置いておき、客に回し読みされ、汁まみれにされていく様を柱の陰からそっとのぞき見て楽しむ。各ページごとに縮れた毛を挟んでおく。大事なところに線を引く。丸暗記する。次のテストで出す。

と、まあやり放題なわけだが、映画が期待はずれだった場合、怒りの持っていき場所がないので困る。

いすに鼻くそをなすりつける。受付のお姉さんの似顔絵を一筆書きで描いてプレゼントする。パンフレットを最後まで立ち読みしてやる。帰り道で石を蹴る。

どれもだめだ。何かいい発散方法があったら教えてもらいたい。

八王子で陸橋から飛び降りた女性が、電車の屋根に落ち、屋根に乗ったまま四キロ走行してしまうという事件があった。多分自殺しようとして飛び降りたら、電車の速度が遅すぎたために乗っかってしまったのだろう。

どういうわけだかわからないのだが、何かの上に乗っかっている人はバカに見える。もうこれはどんな深刻な事情によって、そういった状況に陥ってしまったとしても、現実にそう見えるのだから仕方がない。

例えば、車の屋根に乗っている人はどうか？　よく、アクションシーンでやってい

上に乗る

るあれだ。多分日本で一番車の屋根にしがみついていた役者は千葉真一だと思うが、はっきり言わせてもらえば、いくら世界のソニー千葉といえども、やはりバカに見える。あの振り落とそうとして蛇行する車の屋根に、必死でしがみつく様は、俯瞰の映像で見るとよくわかるが、相当バカだ。

動物の上に乗っている人はどうだろうか？　もうほとんどバカだ。乗るなよ。子供じゃないんだから。フタコブラクダに乗る人なんかどうだ？　二つのコブに挟まれて、うれしいか？

馬はどうだ？　馬に乗っている人は本当にかっこいいか？　競馬の騎手はかっこい

●千葉真一

1939年生まれ。ハリウッドでも活躍する日本人俳優。ソニー千葉の愛称で知られる。極真空手三段の腕前で、その空手アクションには『レザボア・ドッグス』のクエンティン・タランティーノ監督も惚れ込んだ。

いか？　あんな派手なかっこして、頭は大丈夫か？「イカレポンチ」を絵で表現したら、多分競馬の騎手に限りなく近いものになると思うぞ。じゃ、カウボーイはどうだ？かっこいいか？「カウボーイ」だぞ。「牛少年」だぞ！　びっくり人間大集合みたいじゃないか！　いや、それはともかくとして、乗っている奴がかっこいいとついだまされてしまうが、本来は馬に乗っている人だってやはりバカに見えるものなのだ。

「動物の上に乗っている大人」

馬に乗っている人がかっこよく見えてしょうがないときは、こうつぶやいてみるといい。彼または彼女の本当の姿が見えてくるはずだ。

　バカに見せる場合の基本は、「頭の上に何かのせる」である。頭に鳩がのっているだけで、上野の西郷さんがバカに見えることを思い出してほしい。つまり、バカに見られないための基本は、「上にのせない、上にのらない」であろう。

　人生をかけて何かやろうというときは、うっかりして「バカに見られてしまう状態」に陥らないよう、十分下調べしておきたいものである。

日常の恐怖

注意しろと言われても困ることがよくある。例えば『落石注意』の標識だ。どー注意しろってのか？　うまく避けろってことか？　落石に当たった上に「もー注意したのに。言わんこっちゃない」なんて言われた日にゃあ浮かぶ瀬もなしってもんだ。

車の後ろに貼ってある、

『赤ちゃんが乗ってます』

もそうだ。だから何だと思わず言いたくなる。

これが、

『赤ちゃんが運転しています』

だったらわかる。なるべく近寄らない方が身のためだってことだ。

標識

『赤ちゃんが乗っています？』だったらどうか？　赤ちゃん好きの人が赤ちゃんが乗っているならちょっと見せてくれと言っているのか？　いやこれは多分赤ん坊を忘れがちな夫婦が他人に確認しているのだ。『この車に私たちの赤ちゃん乗っています？　屋根の上に乗ってたりしてません？もー本当に忘れっぽくて。ここにいるの本当にうちの赤ちゃん？』

忘れっぽいのだ。

『これ本当にブレーキ？　ちょっと踏んでみようかしら』

こういう車の後ろも走らない方がよい。

「居ます」とか「落ちそうです」とか状態

●ウラン加工施設

1999年9月、茨城県東海村の核燃料事業所で核分裂の臨界事故が発生。最先端の技術を駆使した施設ながら、ウラン溶液製造の際にバケツで溶液を移しかえていたことがミスを招き、事故につながった。

を言われても困るのだ。

『このポストの中にカマキリが居ます』

こんな貼り紙がポストに貼ってあったらどうか？　どう対処すればいいのか？

なるべく投函口に手を突っ込まない。

カマキリが手紙から腕に登ってこないようにすばやく投函する。

カマキリに食べられないように、ハエや蝶の絵柄の切手は避ける。

などが考えられる。

うちの近所には

『放火されない街づくり』

と書かれたポスターが貼ってある。

どうすればいいのだ？

もう放火衝動は誰にだってあるんだから、家の前に燃えやすいものを置いておくのは水着で満員電車に乗るようなものだ！生肉頭に乗せてサファリパークで立ち小便するようなものだ！　寿司の折詰持って断食道場横切るようなものだ！　あんたにも責任がある！　気をつけろ！

もうそれくらい言われているような気がする。なんだか理不尽だ。

おれが今一番みたい注意書きはウラン加工施設に貼ってある、

『ウランはスプーンでかき混ぜない』だ。

ゴールデン・ウィークということで、ゴールデンな連休な訳だが、どこに行っても人だらけだし金はないしで、「やっぱり家にいるのが一番だわ〜」な連休になってしまうのが現実である。

しかし何といってもゴールデン・ウィーク。一年でゴールデンの付くウィークはこだけである。普通の連休と同じに過ごしてはいけない。

ゴールデン・ウィークにも、正月やクリスマスのような、決まった過ごし方があるのだ。今からでも遅くはないので、実践するように。

【バスローブで過ごす】

ゴールデンウィーク

ゴールデンな休日に欠かせないのがこのバスローブ。連休中は毎日バスローブ姿でいたいものだ。

ちょっとした外出もなるべくならバスローブのままで「マイルドセブンくれたまえ」。バスローブを着ていると、話し言葉も自然と社長言葉になってしまうから不思議だ。

少年達の草野球に混ぜてもらうのもいい。「ちみちみ、私にもちょっと打たせたまえ！」

買い物をするときは、「この店で一番高いものをくれたまえ！」もちろんこれは百円ショップ以外の店で言ってはいけない。

●連休

連休といえばゴールデン・ウィークだったが、祝日を月曜日に移動するハッピーマンデー制度（三連休）を忘れてはいけない。成人の日、体育の日、海の日、敬老の日は、日付に拘らず月曜日の祝日となった。

【トロフィー】

ゴールデンな休日にトロフィーは欠かせない。無い人は買っておくように。いっぱい買って庭に並べる「トロフィー・ガーデニング」も素敵だ。どんな貧乏臭い行為もトロフィーでやると不思議とゴールデンな感じになる。例えば、

・お茶漬けを食べる
・ハエをたたく
・猫を追っ払う
・背中を掻く
・鼻くそをほじくる
・濡れた靴下を干す
・タンスの裏に落ちた十円玉を取る

出来ることは全てトロフィーを使ってやるように。

【ペット】

ゴールデンな休日にはペットが必需品だ。でかい犬が理想的だが、いないときはプードルあたりで我慢しておく。

野良猫、鳩、がまがえる、ゴキブリなどに白い綿を貼り付けてプードルの代わりにしよう。いろんなプードルが部屋中を跳ね回ってそれはそれはゴールデンな雰囲気になる。

以上が基本だが、他にも各自工夫して、ゴールデンなウィークになるよう努力しよう。

床屋で洗髪しているときに必ず聞かれる
「かゆいところはありませんか？」

あれ、テレビでやっていたのだが、関東の人はほとんど「ない」と答えるが、関西では掻いてもらう人が多いらしい。これはどーゆーことか？

「関西の人は頭のかゆい人が多い」

ケチだから床屋に行くまで頭洗わないのか？　いや、そーゆー事ではないと思う。

関西の人は何でも正直に口にするから、かゆいときはかゆいという。一方、関東の人はかゆいとき、

「べらぼーめ！」

とか言いながら、聞かれる前に自分で掻い

かゆいところはありませんか

てしまう。江戸っ子は短気だから。いやそれもちょっと違う気がするが。

それより問題は「かゆい場所の表現方法」である。

言葉でかゆい場所を的確に表現するには、どう言えばいいのか？

頭を地球に見立てる。

「頭頂を通って耳と耳を結ぶ線を赤道と考え、後頭部を北半球、前頭部を南半球として考えたときのペルーの辺りがかゆい」

これならよくわかる。しかし、店の人が地理に疎かった場合困る。

「そこはタンザニアだろ！　違う違うそこはモザンビーク！」

●江戸っ子

江戸は階級制圧の強い町だった。庶民はそうしたなかで、強気をくじき弱きを助ける俠気の心だてをつちかった。一方で火事や天災が頻発し、宵越しの金は持たないという、さっぱり楽天的な気風も育ったそうだ。

どーやらこの店の人はペルーがアフリカにあると思い込んでいたらしい。それよりも頭が泡だらけで、タンザニアだのモザンビークだのコートジボアールだの叫んでいる姿は相当マヌケだ。

もっと簡潔な言い方はないか？

「毛の生えているところを千昌夫の顔に見立てた場合のホクロの所がかゆい」

「千昌夫ホクロ取っちゃいましたけど、どーしましょう？」

この場合頭を千昌夫の顔で説明する客も客だが、現在のホクロの有無を問題にする店の人も店の人だといえよう。

「頭を寅さんの顔に見立てた場合の眉毛の

ホクロの部分」

「あれホクロじゃなくてイボじゃないすか？」

　イボだろうがホクロだろうが位置を示しているだけだからどーでもいいのだが、やはり頭を有名人の顔に見立てるのは問題があるだろう。

「ＳＷ《スターウォーズ》エピソード１のポスターとして考えた場合のジャージャーの位置」

「ドリフ大爆笑のエンディングと見た場合の志村の位置」

　こーなるともうさっぱりわからない。やはりかゆいところは、「ない」と答えるのが一番だ。

「おれの知ってる◯◯は、こんなんじゃない！」

最近よく思う。

◯◯とは例えばオムライス。

この前二千円のオムライスというものを食ったが、そりゃもー卵はフカフカで、ソースは、フランス帰りのシェフが、「ここから先は企業秘密です！」な、特別な動物の金玉だか、脳味噌だかを、ゆっくりコトコト煮込んだ、口の中でフワーっと広がりますね、な、味わい深いブラウンレッドの液体で、それが上品に、オムライスの脇に、ひっそりたたずんでいたりするのである。

うまいとか、まずいとかじゃなくて、「違

こんなんじゃない!

う!」と言いたくなってしまう。

「赤いケチャップ持ってきて! 卵の上にピカチュウ描いて!」

そう叫びたいのである。

大体、元が安い物を、ゴージャスに底上げするのは、間違っている。

「生麺のカップラーメン」もいやだ。なんだあの、中途半端な奴は。虫に例えるなら、ガガンボ? あの、でかい蚊みたいな、でも血は吸いませんみたいな、夜、網戸開けると必ず入って来る奴。ヌードに例えると、セミヌード?

そんな訳で、虫やヌードに例えたせいで、よくわからなくなってしまったが、

●金正日

1942年生まれ。朝鮮民主主義人民共和国の最高権力者。父は金日成。北朝鮮の国情の圧倒的悪さ、なかなか解決をみない日本人拉致問題などから、破綻した独裁者のイメージが強い。

「おれの知っている◯◯は、こんなんじゃない！」である。

他に、例えば、

「シマウマの鳴き声」

馬じゃん。どー見ても。でも、犬みてーな鳴き方するんだよ、あいつら！　え？　まじで〜？　まじまじ！

ヤンキー風に言ってみたが、グラビア・アイドルなんかも、テレビで初めて声を聞いたとき、ショックを受けたりすることがある。

あと、ミーアキャット。

砂漠で、集団になって生活する、二本足で立って、キョロキョロする、かわいい動物。

　動物ドキュメント番組で、ミーアキャットが、サソリや、二十センチくらいある万年筆ヤスデを、ばりばり食べているところを見たときは、

「あんたもやっぱり、他の奴らと同じ、ケダモノだったのね！」

といった、だまされやすい乙女のような気持ちになった。

　で、最近なんといっても、一番違和感のあった映像は、

「よくしゃべって、冗談も言う、金正日総書記」であったことは言うまでもない。

遺跡発掘作業の妙な感じは一体なんなんだろう？　多分、研究目的のスケールのでかさに比べて、作業がチマチマしているのが変なのだろう。まあ大体学術研究ってものは皆チマチマしているものなのだが、発掘作業は野外で行うため、チマチマ感がより強いのだと思う。

あの筆だかハケだかで砂をシャカシャカ払う作業。あれが問題だ。遺跡発掘のイメージはあれだ。チマチマ感の最大の原因はあれだ。

普通筆は机の上で字や絵を書くもので、砂をシャカシャカやるものではない。砂場で子供がそんなことやってて、親か先生に

ハケ

見つかったら怒られるだろう。それをいい歳した大人が集団で！

　では、ハケならいいか？　ハケこそ問題だ。

「ハケ」。この脱力感あふれる語感はどうだ？　「ハケください」言ったとたんに力が抜けそうだ。しかも必ず一回は聞き返されそうな言葉だ。「え？　何？　なにケ？」忙しそうな体育会系の店員からは買いたくない代物だ。

　買いにいくならまだいい。ロマンチックなシーンでこいつが出てきたらどうか？

　夕暮れ時の砂浜で、会話が途切れ、思わず彼女をぎゅっと抱きしめたとき、「痛い。

●遺跡発掘ねつ造
2000年10月、宮城県築館町の上高森遺跡で、70万年以前の石器が発掘されたと発表されるが、それは事前に発掘者の手で、こっそり穴を掘って埋められたものと発覚。日本の考古学の信用を失墜させた。


胸になんか硬いもの入ってるよ」彼女が言う。彼の胸ポケットから出てきたものは、「ハケ」。どちらかの口からこの言葉が出た時点で、キスはお預けである。

例えば、ハケで変身するヒーローがいたらどうか？

「あっ！ ハケがない！」

「はっはっはっ！ ハケマン！ おまえの大事なハケはここだ！」

「くそ〜ギルギル星人め！ ハケ返せ!!」

なんかすごくダメだ。それにしても「ハケマン」は無いとは思うが。

映画のタイトルにこの言葉が出てきたらどうか？

『007　黄金のハケ』

『戦場にかけるハケ』

『アラビアのハケ』

『2001年宇宙のハケ』

　全部ダメだ。

　これで遺跡発掘作業にチマチマ感をもたらす最大の元凶が「ハケ」であることがわかった。今後、遺跡発掘ねつ造によるマイナスイメージを払拭するために行うべきことは、ハケという道具の改名であろう。なにがいいか?

「サッサカ」

「パッパ」

　もっとダメだ。

何が間抜けかって、開かない自動ドアの前に立つことくらい間抜けなことはないのである。開いたらすぐに中に入る気でいるから、ガラス戸に鼻が付きそうなくらいの位置に立つわけだ。
　この状態で五秒程経過すると、「もしかして、この自動ドアは開かないかもしれない」と気づくことになる。
　でも最近は、スイッチを押すと開くタイプの自動ドアもあるからと下を見てみるが、スイッチはない。軽く足を踏み直してみるが、反応はない。店が休みなのかもしれないと思うが、その表示もないし、まだ昼間だ。

開かない自動ドア

ちなみに私が入ろうとしているこの店は、ぶらぶらと歩いているときに見つけたホラー映画のキャラクターグッズなどが置いてある変な店だ。初めて入ろうとしている店なので、ドアの前に立つ時点ですでに、ちょっとした勇気を消耗している訳である。ドアが開かないからといって、自然な感じで離れることは難しい。

自分の今の姿を、客観的に思い描いてみる。

「開かない自動ドアの前で、ただ立っている私」

間抜けだ。みじめですらある。いつくれるかもわからないエサを待っている野良猫

●カバチタレ

“かばち”とは広島弁で“文句”とか“屁理屈”の意味。“かばちたれ”で、“文句いい”、“屁理屈屋”ということになる。漫画「カバチタレ！」が、2001年にテレビドラマ化され、この言葉が一時広まった。

のようだ。家の中に入れてもらえない、朝帰りの中年親父のようでもある。

今のこの姿を、どこで誰が見ているかもわからない。この場を離れる前に、少しごまかしておく必要があるのではないかと考える。上着やズボンのポケットを探る。鍵を探すふりをしているのだ。「今帰ってきた店の人」を演じているわけである。わかってもらえるであろうか？　私のことを見ているかもしれないどこかの誰かさんに。あなたのために私は演じているのだ。いるかどうかもわからないあなたのために！　私はうまく演じているだろうか？　私の笑顔は卑屈じゃないだろうか？　私はまだ馬鹿と呼ばれているだろうか？　教えてくれ、シェリー！

　まあそのくらいでやめておくのである。それ以上の芝居は、却って人目を引くことになるからだ。ドアを拭くまねをしたり、息を吹きかけて、「スキ♡」なんて書いたり、チンコを出して押しつけたり、『卒業』のまねして、両手でドアをたたいたりはしないのである。

「このカバチタレ！」

　そんな、よくわからない捨てぜりふをつぶやきつつ、静かにその場を去るのが、大人としての正しい態度なのだ。

最近五百円硬貨が使えない自動販売機が増えているが、五百円玉って自販機で使えてこそ価値のある硬貨だと思う。

　これが使えないとなると、ただでかいだけの、家族でキャンプに行った時だけ異様に活躍する普段は役立たずな山岳部出身のパパみたいな、そんな侘《わび》しいたたずまいが財布の中から漂って来るような気がしてしまう。

　自販機を前にして何もできない五百円玉。

「パパの意気地なし！」

　そんな声が五円玉や十円玉から聞こえてくる。

ニセ物

これはニセ五百円玉が頻繁に出回り始めたためらしい。

ニセ五百円玉は重さや大きさが合ってりゃいいみたいな雑な感じがあってニセモノ感がいまいちだが、ヒット商品やブランド品のニセモノはかなり巧妙に作ってある物もあり、ちょっと見ただけでは本物と見分けることができない。

これから出回りそうなニセ物グッズとその見分け方を考えてみたい。

【ニセアイボ】

高いうえに金があっても買えないアイボ。これはもう絶対ニセ物が出回りそうだが、安いうえに本物の十倍くらい動き回る

●ニセ五百円玉

韓国の500ウォン硬貨を変造したものなど、偽造500円玉による自動販売機あらしが1999年前後に多発した。政府が2000年8月に新500円硬貨を発行すると、偽造硬貨は激減した。

ものは表面だけアイボで中に野良猫が入ってたりするので気をつけたい。

【ニセ厚底ブーツ】

一見ただの厚底ブーツだが、底の部分まで足が入るブーツ。妙に歩きやすかったり足が異様に短く見えたりするのですぐにわかる。

【ニセファービー】

一見何の変哲もないファービーだが、話すことは「関節が痛い」だの「息子の嫁がごはんをくれない」だの「嫁に殺される」だのグチばかり。

【ニセ動物占い】

見ためはただの動物占いだが、その動物

が「コブラ」だの「ヤドクガエル」だの「ヒョウモンダコ」だの猛毒を持つ生き物ばかり。

【ニセ広末涼子】

一見どこにでもいる広末涼子だが、大学が図書館情報大学。

【ニセ嵐】

見ためは普通の嵐だが、デビュー曲が世界セパタクロー選手権のテーマ曲。

【ニセ叶姉妹】

見ためはごく普通の叶姉妹だが、中身は宗兄弟。

以上の様にこれからは様々なタイプのニセ物が現れることが考えられるので、本物を見極める目を養いたいと思う。

あれだけ大騒ぎしていた二〇〇〇年問題も結局大した事故も起きず、もしかして非常食業界にはめられた？って気もしないではないが、まあとりあえず良かった良かった。

年末は何となく紅白を見てしまった。本当にただチャンネルを合わせてただけで、気合いをいれて見ていた訳じゃないのだが、面白かったのは美川憲一が派手な衣装で歌った後、感想を聞かれた審査員で相撲取りの出島が、

「紅組にするか白組にするか迷ってます」

と言った所だ。

多分こーゆー場所が不慣れな相撲取りの

犬と袋

人だから何を聞いてもあらかじめ用意していたこの答えだったと思うが、おれには、「美川憲一が紅組なのか白組なのか迷っている」と聞こえておかしかった。

あとは審査員の内館牧子が米良美一にクリソツだったことくらいしか覚えていない。審査員しか見てねーのかよって気もするが。

まあそんな感じで紅白も終り、とりあえず平和な二〇〇〇年を迎え、正月休みはいつもと変わらず犬と散歩などをして過ごした。

犬を散歩させていていつも思うのだが、あの「犬のうんこを入れた袋」はどーにかならないのか？　二〇〇〇年だし。

犬がいるからいいようなものの、もし突然犬が逃げていってしまったらおれはただの、「うんこの入った袋を持って歩いている人」になってしまうではないか。

これは恐怖だ。

例えばこの状態で歩いていて近くで爆破予告かなんかあって、警官に職務質問され、袋の中身を見せろといわれたらどうしたらいいのか？　犬も連れずにうんこの入った袋を持って歩いている男はどう考えても怪しい。

あるいは交通事故にあって、周りに誰もおれのことを知っている人がいず、警察に、

●2000年問題
西暦を下２桁で処理しているコンピュータシステムにおいて、2000年を迎えたとき、1900年と判別できず、作動不良を起こすという問題。急速にネットワーク化の進む現代社会を震撼させた。

「○時○分頃どこどこでうんこの入った袋を持って歩いていた男性に心当たりはありませんか?」などとその辺一帯で聞き込みなどされたら一体どうすればいいのか?

想像するだに恐ろしい。

「犬のうんこの入った袋を持っているときは絶対に犬を離さない」

これが二〇〇〇年初頭に掲げるのおれの決意である。

五月といえば五月病。会社にうんざりしてる新入社員も多かろう。毎日上司に怒られて、「早く一人前になりてえ」なんて思ってる人も多かろうと思う。

「○○が出来てはじめて一人前」

よく言われる言葉だ。

「卵焼きが上手に出来て初めて一人前の寿司職人！」

そんな感じだ。本当かどうかは知らないが。

どんなものにもこの「一人前ライン」が設定されている。日常的な行為にもだ。例えば、

【散歩】

一人前

「犬に吠えられないようになって初めて一人前！」怪しげな風情が漂っていてはダメなのだ。同じように、「前を歩いている女性が早歩きにならないようになって初めて一人前！」というのもある。散歩に行く度に警官に職務質問されるようじゃ散歩者としては半人前である。

【墓参り】

「自分ちの墓に迷わずたどり着くことが出来る」。このくらいのことでは一人前とは言えない。「他人の家の墓のお供え物が平気で食える」。そんな事を自慢しているようじゃ半人前だ。正解は、「墓石と語り合えるようになって初めて一人前」である。

●八千草薫

1931年大阪生まれ。女優。47年宝塚歌劇団に入団し、娘役で活躍。映画『宮本武蔵』やテレビドラマ『岸辺のアルバム』など数多くの作品に出演。2003年、映画『阿修羅のごとく』でも、昭和の日本の母親を好演した。

まるで目の前に故人が座っているかのごとく語り合えなければ、一人前の墓参り者とは言えないだろう。レベルが上がると、墓石と将棋を指したり、生前は出来なかった「殴り合いのケンカ」なんて事も出来るようになる。もっとすごい人は、ひとんちの墓石から恋の悩みを打ち明けられたり、メール交換したり、巨人戦のチケットをとってもらったり、ボールペンのインクが出なくなったときの裏ワザを教えてもらえるようになる。

【つまみ食い】

つまみ食いとは、取っても気付かれないような部分をつまんで食べることを言う。

ショートケーキのイチゴを食うような行為をつまみ食いとは言わない。

「年上の女性にたしなめられるようになれば一人前」と言えよう。「コラ！」とか言われながら二本指で手をたたかれるようになったら上出来である。プロになると、一人でつまみ食いしていても、畳の間から八千草薫が出てきてたしなめられるようになる。

皆さんも早く一人前になれるようにがんばってね。

買い物を頼まれてスーパーに行った時、どの辺の棚にあるのか、判断しかねるものがある。

「ビーフン」

あれはなんだ？　麺類か？　それにしては少し頼りない感じがする。調理が手軽だが、インスタント食品といった感じでもない。そもそも何からできているのか？

「ビーフン」

名前から想像すると、牛の一部からできているような気もする。牛の皮をはぐと、白い筋が血管のように全身を覆っていて、それを一本一本剥いて天日で干したものがビーフンではないか？　それじゃミカンの

ビーフン

筋だよ。

調べてみると、ビーフンとは、中国料理に使用される、うるち米を原料とする麺、だそうだ。

とすると、「中華料理の材料」か「米」か「麺」の棚にありそうだ。しかしこれが、うちの近所のスーパーでは、「乾物」の棚にあったのだった。

「乾物」。なんて大ざっぱな分類であろう。魚だろうが貝だろうが植物だろうが、乾いていれば「乾物」。

どんなにきちんとした身なりをしていても、口の周りが黒かったら「泥棒」。肩にオームを乗せていたら「海賊」。それくらい大

●乾物

乾物屋という商売もある。乾物とは本物の無添加商品で、干し椎茸、かんぴょう、青のりなどなど、それぞれ製造に適した気候・風土があり、日本各地に名産品がある。“日本の知恵”が詰まった健康食品なのである。

ざっぱな感じがしないか？

多分ビーフンも感じているはずである。

「同じ麺類なのに、パスタやそばと、扱いがちょっと違う！」

「パスタはあんなにお洒落な感じで置いてあるのに、おれの棚ときたらどうだ？　なんだこの年寄り臭さは!?　なぜおれはスルメやタタミイワシなんかと並んでいるんだ？　いや、スルメやタタミイワシはまだがまんできる。あの『干しナマコ』ってのはなんだ？　あいつだけは許せねえ！　パスタとまでは言わねえが、せめてインスタントラーメンと同じ棚に並べてくれ!!」

気持ちはよくわかる。しかし、クラゲの

足を干したような見た目の乾物っぽさはいかんともしがたい。最初はどこのあるのか迷ったが、今となっては乾物の棚以外に、ビーフンの置き場はあり得ないとまで言える。

これでビーフン問題が解決した、とは言えない。他のスーパーに行けば、また別の棚に収まっているかもしれないからだ。例えば、日用雑貨コーナーの、ゴミ袋の脇に置かれていても、ビーフンならまるで違和感がないのである。

恐るべしビーフン。

そば屋のカレーライスに関しては、一度ちゃんと考えなければならないのではないかと、常々思っていた私だ。

なぜそば屋にカレーライスがあるのか？

多分みんな、カレーうどんやカレー南蛮のために作ったカレーを、カレーライスとして出しているだけだろうと思っているのだろうが、それだと、カレーライスの店にカレーうどんがないのが、どうにも腑に落ちない。

何か、そば屋にカレーライスを置かなければならない特別な理由があるのではないだろうか？　いや、あるに違いない。私は、その理由を検証してみたい。

そば屋のカレーライス

［その1］　そばを作っている過程で、どうしてもカレーライスが出来てしまう
　要するに、豆腐を作っている最中に出来る、豆乳だの湯葉だのと同じだ。なんだか、出来てしまうのである。当然それは、一般的なカレーとは違う。イクラと人工イクラみたいなものだ。見た目も味も同じだが、構成している物は全く別物なのである。
　そばを作り終えて、ふと脇を見ると、カレーライスが出来ていた。そのときの調理人の驚きたるや、いかばかりであろうか？
［その2］　そばを作っていると、どうしてもカレーが食べたくなるから
　いわゆる「まかない食」って奴だが、調

●インドのカレー

インドといえば香辛料。日本でカレーといえば、レトルトパックや固形のカレールーが思い浮かぶが、そもそもは多種多様の香辛料のブレンドでできたもの。香辛料には本来、薬としての効用がある。つまりカレーは健康食なのだ。

理人が食べていたものを、客に出したわけである。なぜそばを作ると、カレーが食べたくなるのかはわからない。まあだいたい、毎日同じものを作っていると、その対極にあるものが食べたくなる。そばの対極にある物が、カレーであったと言うことだろう。

［その3］カレーを作らなければいけないシステムがある

そばを作るために必要な薬味（香辛料）の一つが、インド産の物で、その薬味を使う条件として、何パーセントかは、カレーのために消費しなければならない（つまり、カレーを作らなければいけない）といったことが、インド政府によって決められていたりするようなことが、もしかしたらあったりなんかして。

と、いろいろ考えてはみたが、どれ一つとして納得のいく理由はない。とにかく私の望むことは、そば屋のカレーライスは、いつまでもポークやビーフや辛口や甘口のないただの「カレーライス」であってほしいということだけである。

「もう一歩前へお進みください」
そんな注意書きが駅の公衆トイレの小便器の上に書いてあった。一瞬何のことかわからなかったが、小便を便器の外にまき散らすなということを、控えめな表現で言っているだけのことだった。なんだか目の前にいる奴に直接語りかけられたようで、いやな感じがした。
直接語りかけるタイプの注意書きを時々見かける。
前に住んでいたところにあった野菜の無人販売所で、お金を入れずに野菜を持っていった奴がいたらしくて、それがかなり頭に来たらしく、毎日違う文面で、ねちねち

注意書き

と犯人に語りかけている注意書きが貼ってあっておかしかった。

「お金を払わないで恥ずかしくないんですか？」

「あなたが誰か知っているんですよ！」

「私はいつも見ているんですよ！」

見てるんだったらそこに立って普通に売りゃあいいじゃねーか！　通りかかる人は皆、心の中で突っ込みを入れるのであった。

近所にあったうどん屋は、定休日以外で休業するとき、必ず休む理由を扉に貼っていた。

「息子の運動会のため、本日は休業させていただきます」

●野菜の無人販売所

農村の平和を象徴するようなシステムだ。お金を払わないどころか売上金泥棒があってもおかしくない。人を信頼しなければできない商売だ。自動販売機よりよほど風情がある。

「病院に検査に行くため本日は休業させていただきます」

多分この店の主人は、すごくまじめな人だったんだと思う。いちいち休む理由を貼り出さないと休めないらしい。

その後、少し長い休業状態に入ることになる。そしてまた貼り紙が。

「検査の結果が思わしくなかったため、しばらくの間休業させていただきます」

なんか病気が見つかっちゃったらしい。

はっきり言ってまずい店だったので、二回行ったきりだったが、なんだかその貼り紙を見ると、落ち込んでいる主人の姿が目に浮かんできて、応援したい気分になった。

それと同時に、何でこんなまずいうどん屋に、関係のない私達が暗い気分にさせられなきゃいけないのかと、腹立たしい気分にもなったのであった。

結局そのうどん屋は再び店を開けることもなく潰れた。主人がどうなったのかはわからなかった。なんか結末のないドラマを一方的に見せられたような気分だった。

なお、今回の文章とイラストは全く関係がありません。深読みしないように。

どんな店にもいるのがゴキブリと常連さんだ。常連さんだけで成り立っているような店も多い。特に地方にはそういった店がよくある。常連さんしかいない飲み屋に入ってしまったときの、人んちの居間で酒飲んでるみたいな居心地の悪さ。もう本当に常連さんだけは何とかして欲しいものである。

常連さんの特徴といえば、

①店の人との会話がとーとつである

「こんちわー」なんて言いながら入って来るのはまだ常連としては甘いのである。「やられちゃったよ～」店に入っての第一声がこれである。店の人も「何が？」なんて聞

常連

かない。「じゃあブタマルちゃん大忙しだ」「ひげちょーちん先生が出ないからだよ！」脇で聞いている者には、禅問答のような世界である。さらに、

②まともな注文をしない

これは今日の昼に入ったそば屋にいた常連さんが実際に注文していた物だが、まずカツ丼ごはん少な目。これだけでも普通の人はなかなか頼めない。ところが続けて盛りそばを。その上さらにウナギの蒲焼きとビールを注文したではないか！　でたらめだ！　昼間っから楽しみ過ぎだろう！　子供か！　そんな常識的意見は常連さんには通用しないのである。

●ニワトリの頭の缶詰

“鶏頭水煮”。ドッグフードとして市販されている。一缶200円程度で十数個の頭が入っている。ボイル加工が施され、あまり臭いはない。タンパク質とカルシウムが補え、愛犬の発育増進時に最適という。

③何かおみやげを持ってくる

「これ」とか言いながら店の人に渡すのだ。店の人も「あら、すまないねえ」とか言いながら受け取るのである。で、中身を見ないで持っていく。ここがポイントだ。なぜ中身を見ないのか？　いつも決まっている物だからだ。それは店の人が常に必要としているのだが、その辺じゃなかなか売っていなくて、常連さんが手に入れやすい物だ。

例えば常連さんが鳥屋さんの人で、店の人の飼っている犬が毎日ニワトリの頭を食べなければいけない病気になってしまったとする。だったら缶詰なんか買わなくても（ニワトリの頭の缶詰という物が本当にあるのだ）毎日持ってきてあげるよ、という訳で、とれたてのニワトリの頭が入った袋を持って常連さんはやって来るのである。

常連さんのおみやげ袋の中には、ニワトリの頭までいかなくても、「歯の型を取るガムみたいな奴」とか、「耐火れんが」とか「ワクチン」とか、専門的で特殊な物が入っていると見て間違いないだろう。

常連さんの世界は奥が深い。

人体の神秘

ジーパンを長いこと履いていると、必ず右の膝の少し上の部分が破れてしまうのだがこれはなぜだろう？　いつもそこを手で擦っている訳でも、足のその部分が特にザラザラしている訳でもない。おれの右膝の少し上には、学生の頃机と膝の間に鉛筆を縦に挟んだままいつもの癖で貧乏揺すりをしてしまい、鉛筆が刺さってしまった跡がある。鉛筆の跡はホクロの様になりいつまでたっても消えず、ジーパンの裂け目から顔を覗かせている。

これはもしかして、

「ジーパンなんてオシャレなものを履いているお前だが、かつては鉛筆を机と足の間に挟んだまま貧乏揺すりした間抜けな男なんだぞ」と自覚させるための神による戒めなのか？　そんな大げさなものか？　ジーパンってオシャレか？　わからない。

まあ多分自分でも気付かない癖によるものなのだろう。

癖にも原因がある。潜在意識に隠された欲求が癖となって現れるのだ。

例えば、

【マイクを持つと必ず小指が立ってしまう】

この小指は要するにアンテナだ。「世界中の人々におれのすばらしい歌声を聞いてもらいたい！」といった願望が無意識に小指を立たせているのだ。

癖と欲求

●尾崎豊

1965～92年(享年26歳)。「卒業」「15の夜」などメッセージ性の強いロックンロールで、当時のティーンエイジャーのカリスマとなったシンガー。生きる意味を問い続けて歌う姿に、いまだファンが絶えない。

【ボールペンや鉛筆を持つとつい回してしまう】

これはボールペンや鉛筆をプロペラにして空を飛びたいという願望の現れである。

【アイドルのポスターを見るとつい鼻毛を書き加えてしまう】

これは鼻毛を思いっきり伸ばしたいという願望の現れである。あこがれのアイドルが鼻毛ボーボーにして、それがかっこいいってことになればおれたちも安心して鼻毛が伸ばせるのになんて気持ちが鼻毛を書かせているのである。

【コーモリを見るとつい石を投げてしまう】

これはコーモリを食べたいという願望の

現れである。

【ハトに餌をやってしまう】

ハトに長生きしてもらいたいという願望の現れ。

【万引きしてしまう】

ただで商品を手に入れたいという願望の現れ。

【校舎の窓を割ってしまう】

尾崎豊。

ということで、自分の癖がどういった欲求に基づくものなのか考えてみるのもおもしろい。

男は土を掘るのが好きだ。若い男に、「その辺ちょっと掘ってくれ」とスコップを渡すといつまででも掘る。もう十分だといってても掘る。でかい石が出てきて掘れなくなろうものなら、その石を取り除くまで止まらなくなる。

「掘り欲」と名付けてもいい。いや、名付ける。

先日山梨で徳川埋蔵金を探していた人達が小判一枚掘り当てて大騒ぎになった。たとえ一枚でも掘り当てたのだからすごい。しかしピカピカに磨いてしまったために偽物呼ばわりされてしまった。磨いちゃダメだろ。土つけとかないと。あれは「掘り欲」

堀り欲

とは別の、金属をピカピカに磨きたいという「ピカピカ欲」のせいだと思う。学校の大掃除のとき、床の一部分だけピカピカにしているやつが必ずいたが、あれもその「ピカピカ欲」の仕業だ。仕業って妖怪かよ。

「掘り欲」に話を戻すが、脱走ものの映画でも『大脱走』とか『穴』とか「土掘り系」の脱走映画には傑作が多い。「土掘り系」脱走映画が面白いのは、観客の「掘り欲」を満足させてくれるせいだと思う。「いっぱい掘りたいけど都会じゃ掘れない！　キ〜！」

そんな欲求不満を解消してくれるのが「土掘り系」脱走映画だ。

●徳川埋蔵金

群馬県赤城山のふもとには徳川幕府の隠した莫大な埋蔵金が眠っているといわれる。江戸時代末期、大老の井伊直弼が、崩壊危機にあった幕府再興資金として埋蔵を企てたなど、古文書による裏付けもとれているそうだ。

土掘りは埋蔵金だの脱走だの温泉だの石油だの必ず「男のロマン」の匂いがつきまとっているが、実の所目的はどーでもいいのだ。なるべく深く土を掘るためには壮大な目的が必要なため、そーいった「男のロマン」的なものを持ち出してくるのだ。

なんの目的もなしに穴を掘っていたらどうだろうか？　人はなんだと思うだろうか？

「死体埋めるつもり？」

「落し穴？　いい歳こいて」

「うんこの付いたパンツ埋めるんだろ？嫁に見つかると恥ずかしいから！」

こんなものだろう。まずいいようには

取ってくれまい。だからロマンが必要なのだ。

「男のロマンです」

何聞かれてもこれだけ言っていればいいのだから便利だ。

しかし小判を掘り当てた人達の団体名が「埋蔵金発掘委員会」ってのはどうかと思うぞ。もっとロマンあふれた、例えばこーゆーのはどうか？「黄金伝説！　地獄突撃隊!!」「泥まみれ！　暴れ土竜《もぐら》!!」「激掘り！　皆殺し軍団!!」

……やめた方がいいですね。

ぼくらが生まれるずっと前にアポロは月に着陸していたって歌をふざけた名前のバンドが歌っていたが、アポロの月面着陸は一九六九年。私が七歳のときだ。当日のテレビ中継なんて、何かSF関係のおやじが座談会やってたような所しか覚えてない。しかしその後で見た月面を宇宙飛行士が歩いている映像はすごいインパクトだった。夜空に浮かぶ月の上を、見えないけれど人が歩いている！　なんて不思議な感覚！　今で言うなら、見えないけれどじゅうたんの上をダニがいっぱい歩いている！に近いか？　ずいぶん遠いな。

ダニと言えばワイドショーでやっていた

月とダニ

が、生まれたての赤ん坊以外のほとんどの人の顔の表面にはダニがいるらしい。通行人をつかまえて顔の皮膚をとって顕微鏡で拡大して見ると、十人中八人の顔の皮膚にミミズの先に足を生やしたようなダニがうごめいていた。後の二人もいない訳じゃなくて毛穴に隠れているんだそうだ。あ～やだ。

「私は毎日丹念に洗顔しているのでそんなものは絶対にいない！」と言い張っていたおばさんの顔にも当然いた。

「やっぱりいましたね～ケケケケケ」とアナウンサーはうれしそうに笑っていた。

あれは新しいSMプレイとして使えるの

●M５ロケット

宇宙探査用科学衛星打ち上げのために開発された、世界最大級の固体燃料ロケット。2000年２月に打ち上げた４号機は、結局エンジンの噴射口破損により衛星の軌道投入に失敗。2003年、５号機の打ち上げに成功。探査機は2007年帰還予定である。

ではないだろうか？

「おまえのその美しい顔の表面にもダニがうじゃうじゃいるんだ！　見ろ！」

大型ディスプレイにダニの映像を映し出す男。

「イヤ〜！　こんなのうそよ！　私の顔にダニなんていないわ！」。取り乱す女の頭を抑え付けて男は叫ぶ。

「目をそらさずによく見るんじゃ！　これがおまえの顔の上を這いずり回っているダニじゃ〜〜!!　イヒヒヒヒ」

という訳で、美女いじめが趣味の人は顕微鏡の購入をお勧めする。

「月の上に人」のインパクトもすごかった

が、「ほとんど全ての人の顔にダニ」もすごい。このインパクトを数式で表すと、「顔にダニ」＋「九年間少女監禁」＝「月の上に人」

こんな感じだ。

ところで日本人はまだ月に降り立っていない。どーなっているのか？と新聞を見てみると、

「鹿児島でX線天文衛星『アストロE』搭載M５ロケット４号機、作業員がケーブルを足で引っかけてはずしたため打ち上げ中止」

こりゃダメだ。

毎日家に閉じこもって仕事していると、季節感というものが無くなってくる。夏ってのはあったのか、秋はいつ終わったのか、いつの間に冬になったのか。よくわからない。

しかし、確実に体で感じる季節がある。花粉の季節だ。今年もどうやらその季節がやってきたらしい。

目がかゆい、鼻水が止まらない、靴下が臭い、残尿感がある、モンキー・パンチの漫画が読みづらいなど、いろいろと困る。

花粉症は今やポピュラーなものだが、最初にスギ花粉に反応した人は、かなり奇異な目で見られたのではないだろうか？

アレルギー

「今日は花粉が多いな～」

（大丈夫か、この人？）

見えないものについて語ってる訳だから、そう思われても仕方がない。

「今日は空気中の窒素の割合が多いな～」

なんて言ってる様なものだろう。

今でも、特殊なものに反応してしまう人は、かなり大変なんじゃないだろうか？

アンゴラうさぎの毛に反応してしまう人だっているだろう。

「おまえの肌着、アンゴラ入ってねえ？くしゃみ止まんねーんだよ！」

いきなりアンゴラとか言われても困るだろうが、アンゴラアレルギーの人にとって

●アンゴラ
トルコ共和国の首都アンカラの旧称。一般にアンゴラといえば、アンゴラうさぎから採られた天然繊維をさす。アンゴラの衣服は暖かく、軽い。ちなみにアンゴラ山羊の毛はモヘアと呼ばれる。


は大問題だ。

胸を大きく見せるためにブラジャーに入れるオイルパッドのオイルに反応してしまう人は辛かろう。

「すいません、あなたのブラジャーに入ってるニセオッパイ、外してもらえませんか？」

初対面の女性にそんなことは言えないだろう。それにしてもニセオッパイはまずいだろ、小林君。（誰？）

もっと特殊な場合、その物より、形態が問題になってくる人もいるかもしれない。

【パーティーバーレルがダメ】

フライドチキンはいいんだけど、バケツ

に入れられるとダメなんだ！
【敷金がダメ】
　敷金アレルギーさえなけりゃあ部屋借りれるんだけどなあ！
【婿養子がダメ】
　おまえが居ると鼻水が止まらないんだけど、おまえもしかして婿養子？
　自分が本当に花粉症なのかどうか一度確かめてみる必要がありそうだ。

四月一日といえばエイプリルフール。日本語で四月バカ。

バカの記念日です。

世界中のバカが、この日だけはメロンを食べることが許される日です。ただし生ハムをのせた場合、五万円以下の罰金になりますから注意してください。

バカで思い出すのは万博。

「ばんぱく」

語感からしてバカだ。

万博のときに埋められたタイムカプセルが三十年ぶりに掘り出された。一体何が入っているのだろうか？

週刊誌には、入れ歯とか偽千円札とか

バカ

入っていると書いてあったが、一体なぜそんなものを？

三波春夫とか出てくれれば面白いのだけれど、三波先生去年の紅白出てたし。全く変わって無いのでびっくりした。生きたタイムカプセルみたいな人だな。タイムカプセルいらずってやつか？　バイアグラいらずなじじいは沢山いるが。

アメリカにはバイアグラで死んだ人が五百二十二人もいるらしい。ボッキしたまま死ぬくらい恥ずかしいことってないっすね。　バイアグラで何十年かぶりにボッキして、どうしたらいいのかわからず、萎《な》える前になんかしなきゃとかいって、チンポ

●バイアグラ
アメリカ・ファイザー社が開発した男性の勃起不全治療薬。1999年、日本国内でも医師の処方にもとづいて服用可能となった。不正輸入、ニセモノの流出、副作用による事故などでテレビや週刊誌で話題をふりまいた。


の上にイチゴのせたり、リボンを結んで記念写真撮ってる内に死亡ってのが最高にバカですね。

　バカといってもう一つ思い出すのが、マラソンで優勝したときに頭に被る葉っぱの冠（月桂冠）だ。

　この前、名古屋国際女子マラソンで優勝した高橋尚子は、表彰台の上で「優勝したのはコーチのおかげです」とか言いながらコーチの頭に月桂冠をのせていたが、あれは多分おしゃれな高橋尚子（記者会見かなんかで肩だけ露出してるセーター着てたし）としては我慢出来なかったんだと思う。

「こんなバカなもの被りたくないからコー

チに被せちゃお」

師弟愛あふれる美しいシーンかと思いきや、そんな裏事情が！　いや、想像ですけどね。

あれ被ってる最中に鳥が飛んできて卵産んでくれないかと、いつも願っているのは私だけだろうか？

鳥といえばこの前ハトが、葉っぱが一枚だけ付いた枝をくわえて歩いていた。私はそれを見て思わず「あっ！　ピースだ！　ピースのマークだ！　ピースピース!!」と叫んでしまった。平和ぼけ？　それとも四月バカ？

脳関係の本に弱い。

「右脳トレーニング」だの「潜在能力開発」などと書かれるとつい読みたくなってしまう。まあ大抵内容はスカスカなのだが。

人はなぜ「潜在能力」と言う言葉に弱いのか？　それは誰もが今現在の自分を、「こんなもんじゃないはずだ」と思っているからなのだろう。

「そんな所に隠れてないで、早く出てきてくれ、本当のおれ！」そう言いたいのだ。

現実的にはそんなもんが出てくる確率は、徳川埋蔵金を見つけるくらい低いものだろう。私がその手の本を読むのは、締切前にネタが短時間で思いつくような能力が

潜在能力

欲しいからである。徳川埋蔵金なんて贅沢なことは言わない。たばこ代でいい。脳みそのヒダを物差しでこすって、何百円か出てくればオッケー。そのくらいの気分だ。

で、この前買ったのが、

「頭には、この刺激がズバリ効く！」

千二百円
「テレビ番組で実証、大反響！」「全世界で三八〇万部！」だそうだ。どれどれ。

まず「CO_2トレーニング」

二酸化炭素が増加すると、頸動脈弁って
のが広く開き、脳内の血液循環がよくなって、頭が冴えてくるらしい。で何をするかというと、

●右脳

主に感受性や発想力など感覚的なひらめきをつかさどるのが右脳。計算や論理など意識的な考えをつかさどるのが左脳とされる。右脳は幼少時まで、左脳は成人までのあいだに発育するといわれる。もの心つくまでの体験が、大人になってきいてくるのだ。

「紙袋を口に当ててスーハースーハーする」

これを三十分置きに三十秒間。「休暇中に集中してやるのがいい」らしい。

当たり前だ。授業中や仕事中、三十分置きに紙袋取り出してスーハーしてたら、どー見たってトルエン中毒のヤバイ奴だ。

幸い私は「ひきこもり」業なので、やってみた。気持ち悪くなった。紙袋を口に当てたとたん、「遠足のバス」を思い出してしまったせいかもしれない。

他のもっと簡単な奴はないかとページをめくると、

「赤ん坊のようにハイハイする」ってのがあった。ハイハイは中脳にいいらしい。これを一日二時間、三週間やる。

　できるか！

　例えばこの二つのトレーニングを三週間やって脳力がアップしたとしても、周りの人間から、

「トルエン中毒で幼児プレイ好きなおやじ」と見られるのは必至である。

　埋蔵金を探している人ならそのくらいへでもないだろうが、私が欲しいのはたばこ代だ。払う代償がでかすぎる。

　やめた。

テレビでマッサージの特集をやっていたら、見ている人のほとんどは、自分でもちょっとやってみるだろう。興味があるから見ている訳で、マッサージに興味のある人のほとんどが、どこかしら凝っていたり、体の弱い部分があったりするんだろうから、それはもう、簡単に自分でも出来るようなものならとりあえずやってみるのが人間としての正しい在り方であろう。

最近は若い人達も、かなり肩の凝っている人が多い。特に女性はみんなマッサージ大好きである。世代を超えた共通の話題として、女の子の体に触る口実として、今やマッサージは、現代社会の必須項目である

マッサージ

ことはまず間違いない。
で、この前NHKで、タイ式マッサージの特集があった。何でも、体に流れるエネルギーの元は全て足にあり、足をマッサージすれば、便秘だろうが頭痛だろうが治せるらしい。（うろ覚え）
私はその日、妻の実家で、妻の両親と食事をしていた。食事も終り、茶などをすすりつつ語り合う、だんらんタイムに突入していた訳だが、毎日しょーもない四コマ漫画のネタばかり考えている私は、大人の会話というものが大変苦手である。自然と視線はテレビ画面に向かうことになる。そこでやっていたのがタイ式マッサージの特集

●タイ式マッサージ
2500年の歴史があるといわれる。ただ揉みほぐすのではなく、呼吸法やストレッチを取り入れ、内側から身体のバランスを回復させていく。タイ本国では医療行為として認められている。


だ。

足を揉むだけであらゆる病気が治る。

「これだったら自分でも出来ますよねえ」

私が言うと同時に、みんなが自分の足を揉みはじめた。太い筋肉を少しずつ揉んでいくのがいいらしい。それまで硬かった雰囲気も、マッサージで揉みほぐされてゆくようだった。

番組も終盤にさしかかり、「自分で出来るタイ式マッサージ」のコーナーとなった。

これこれ。もうしっかり覚えて帰ろう。

などと言っていたら、

「その前に守っていただきたい注意事項があります」

アナウンサーは言ったのだった。

「食事の後は絶対にやらないでください」

もー見事に食後。お腹ポンポン。さんざん自分なりに足を揉みほぐした後。

「最初に言わんかい！　もーこれだからNHKはダメなんだ！」

叫んだ後にハッと気づいた。

妻の父親はNHKの人であった。

この冬は「吐くタイプ」の風邪がはやっているらしい。これは、風邪のウイルスにもいろいろなタイプの奴がいるということか？

★ウイルス同士の会話
「あら、ジェニファーじゃない。どうだった、アメリカ？」

「楽しかったわ。かなり流行しちゃったみたいで。ヒラリー夫人まで鼻水たらしてたわ」

「いいわねーあなた『鼻にくるタイプ』で。うらやましいわ。私なんか『のどにくるタイプ』だから、ぜんぜんおもしろくな

風邪薬

いわ」

「あっ見て！　ステファニーよ！　あの娘『吐くタイプ』なんでしょ？」

「いやーねー。『吐くタイプ』って最低！」


このように、「吐くタイプ」は、ウイルスの間でも嫌われているということが容易に想像出来る。本当か？　いや、そんなことはどうでもいいのだ。私が言いたいのは、「風邪は放っとかれている」ということだ。

風邪を治す薬は、今だに発見されていない。現在の風邪薬は、発熱や鼻水等の症状を緩和するためのものでしかない。これだけ医学が発達していながら、一番ポピュ

●萩の月

まろやかなカスタードクリームをカステラで包んだ仙台の銘菓。宮城県の県花がミヤギノハギであることから名付けられた。チョコクリームを包んだ『萩の調』もある。

ラーな病気である風邪がなぜ治せないのか？　今出ている風邪薬が売れなくなるからか？　いやそうではない。

世界各国で、多種多様な風邪の民間療法が存在している。

例えばオーストラリアでは、

「コアラの尻の毛をユーカリの葉と一緒に煎じて飲む」

エジプトでは、

「ピラミッドの頂上付近の石を削って、ラクダの尿に混ぜて、のどの周りになすり付ける」（注・全て想像です）など、その国特有の驚くべきやり方で、風邪を治療している（はずだ）。そういった民間療法に見られる、国や地方特有の文化が、風邪の根本的治療薬の開発によって、失われてしまう事を危惧している団体があるのだ。「まぁ、いいじゃん。風邪くらい放っとこうよ」なんてことを、ちょっと嬉しいお土産（『萩の月』等）を手に、世界各国の医学界の人間に説いて回っている連中がいるのだ。今だに風邪の特効薬が開発されない理由は、その団体のせいである。そうとしか考えられない！

私は言いたい。文化は文化として、書物の形で残せばいいのだ。それはそれとして、さっさと風邪が治る薬を出してくれよ！オエッ！　ああ気持ちわりい……

スポーツ番組を見ながら眠るのは気持ちがいい。特に野球とマラソンの中継。野球は巨人戦じゃない方がよく眠れる。私はベイスターズを応援しているので、テレビ神奈川をよく見ているのだが、本当によく眠れる。ＣＭもほのぼのしたものが多いので、眠りの妨げにはならない。野球が早く終わったときの穴埋め番組がまたいい。「世界の珍しいスポーツ」とか「世界の珍しい兄弟」とか「世界の珍しい公務員」とか「世界の珍しいホームレス」とかいった、「世界の珍しい」関係の番組が多い気がする。半分眠りながらなんとなく見ているので少し違うかも知れないが。

スポーツ中継と眠り

うとうとしながら観戦していると、言葉が妙な感じで脳みそに入ってくることがある。先日の世界陸上で女子マラソンの中継を見ていたときのことだ。アナウンサーのこんな声が耳に入ってきた。

「遅れてロバが入ってきました」

なに？　ロバが？　どこに？　おれ一体何見てたんだっけ？

夢うつつ状態で、必死に考えようとするのだが、目の前の映像とうまく結びつかないのである。このアナウンサーの声を聞いて最初に思い浮かべたイメージは、どこかの家の窓から動物のロバが入ってくる映像である。

●ファツマ・ロバ

1970年エチオピア生まれの女性マラソンランナー。96年アトランタオリンピックの金メダリスト。その後も97〜99年にボストンマラソンで3年連続優勝を果たすなど、日本でもお馴染みの選手だ。

「早く閉めないから入ってくるのよ！」

母親が叫ぶ。

一度ロバに入られたら、出すのはなかなか難しいのだ。

「なんとかしろ、雅之！」

父親が怒る。しかし中学生の雅之がいくら押してもロバはぴくともしない。テーブルの上のサラダをむしゃむしゃ食べ始めるロバ。その時、風呂場の方から物音が。

「あっしまった！　お風呂場の窓あけっぱなしだった！」

風呂場のドアを開けてみると、そこにはロバがぎっしりと……

ショートショートSFみたいになってし

まったが、半睡状態の脳みそとはこのようにシュールなものである。一応説明しておくが、ロバとは外国のマラソン選手である。

　野球中継でも、半睡状態で、「甘く入ったフォークを持ってかれました」なんて言葉が聞こえてくると、口の周りに甘いクリームをべったりくっつけた男が、フォーク泥棒を追いかけているといった奇妙な映像が頭の中を駆けめぐるのだ。

　もう、「うとうとしながらスポーツ中継を見る会」の会長になりたいくらいの私である。

先日小田急線でそっくりな親子を見かけた。母と娘で、二人ともけっこう整った顔立ちだったのだが、惜しいことに二人とも出っ歯だった。多分母親は娘の出っ歯を見て、「なぜ出っ歯まで似るか?」と落胆したに違いない。

代々子孫に伝わってゆく形質は、生きてゆく上で有利なものだけであるはずだ。だとしたら、女性は美人な方が生きてゆく上で絶対得なのだから、世界中の女性はみんなどんどんひとり残らず美人になってゆかなければおかしいと思う。それなのにどうして出っ歯が遺伝してしまうのか?

これは多分、私達が得だと思っているこ

出っ歯

とと、遺伝子レベルで得なことはかなり違うということを意味しているのではないだろうか？　あの母親が「出っ歯はいやだ」と思っていたとしても、実際には出っ歯であるがゆえに得したことが何度かあって、その出来事が遺伝子にかなりアピールするタイプの出来事だったのだろう。例えばみんなでキャンプに行ってバーベキューをしたとき、出っ歯であるがゆえにみんなより多くトウモロコシが食べられたとか。あるいは、ジュースを飲もうとして栓抜きがなかったとき、自分だけは出っ歯で栓が開けられてジュースを飲むことが出来た、なんて出来事は遺伝子的に大変わかりやすい得

●ビューティー・コロシアム
2001～03年に放送された人気テレビ番組。外見にコンプレックスをもつ女性が、コメンテイターたちと相談。それに基づいてメイク、美容整形などのプロが施術し、最後に変身した女性がその姿を披露する。フジテレビ／共同テレビの制作。

なことなのだと考えられる。「出っ歯は得！出っ歯合格！」そんな望みもしないゴーサインが出てしまうのである。

いつか生まれるであろう自分の子供は自分より幸せになって欲しい。自分と同じコンプレックスを子供に持たせたくない。そう考えるなら自分の欠点に厳しくあるべきである。

ハゲがいやだったら、「ハゲてて良かった～！」なんてことは決して思ってはいけないのである。特に食い物関係で得をしてはいけない。パーティーで友人に、ハゲ頭の上にロブスターをのせられて、「ちょんまげ～！」なんてやられたら、「ロブスター一匹もらってラッキー！」なんて決して思ってはいけない。その友人を深く憎まなければダメだ。ハゲを憎まなければ、未来の自分の子供に憎まれてしまうことになるのだ。

前向きな考えは自分にとって良くても、遺伝子的にはダメなのである。地球上が美男美女であふれかえる、誰もコンプレックスを持っていない、『ビューティー・コロシアム』のいらない社会を築くために、私達は日々努力しなければいけないのである、って本当か？

世の中いろいろと大変なことになっているみたいだ。「株価暴落！」なんて言われてもピンと来ないが、「ハンバーガー平日半額」とか「吉野家の牛丼二百八十円に値下げ！」なんて話になると、大変なことになっている感じが身近に思えてくる。このままどんどん物価が下がっていったら、一体どうなってしまうのだろう？

大変なことになっていると言えば、近所の病院も大変なことになっていた。生命保険に加入するため必要な健康診断を受けに、連れて行かれた病院だ。なんか普通の木造住宅を無理矢理病院にしたみたいで、近代的メカと四畳半が共存している、松本

病院

零士テイストな世界が展開されている病院であった。

まず入り口から度肝を抜かれる。あの押して開けるガラスのドア。それが自動ドアになっていて、なんと手前に開くのである！　体の弱ったお年寄りならば、このドアに突き飛ばされることはまず避けられないであろう。ちょっとしたけが人がここで重傷患者にランクアップすることもありうる。全くよく考えたものである。待合室の椅子の足下には、一人に一台の割合で足マッサージ機が置かれている。このマッサージ機に誘われて病気でもないのに毎日通うお年寄りが多数存在すると見た。

●松本零士

1938年生まれ。漫画家、アニメーション作家。SF、メカに関しては当代随一といえる描き手であり、『男おいどん』『銀河鉄道999』などの作品で多数の漫画賞を受賞。日本漫画家協会常務理事。日本宇宙少年団理事長。

壁にはびっしり貼り紙が。

「ピアスの穴開けます」

「バイアグラ処方いたします」

とても病院とは思えない。ディスカウントのチケット屋にでもいるような雰囲気だ。

他にも、「バリウムの割り当てが十人分来ましたので、胃の検査をしたい方は申し出てください（無料）」なんて貼り紙があった。

これはつまり、「先着十名様にバリウム進呈！」って感じか。

それとも、「先着十名様に無料で胃の検査サービス中！（ソフトドリンク付き）」

そんな感じであろうか？

他に気になったところと言えば、看護師が妙に多いとか（診察中、私の周りに六人くらいいいた）、しかもそいつらが私の診療中すぐ後ろでがんがんおしゃべりしてたとか、レントゲン室のドアが傾いた木製のドアだったとかだが、探せばもっといろいろありそうな感じだった。

もう一度、なるべく軽い病気のときに（ここで重病にされてしまう可能性もあるが）行ってみたいと思う。

マスメディアの真実

偉大な発明やヒット商品は全て失敗によって生み出されたものだ。そう確信したのは新聞であのビールの友「柿の種」のエピソードを読んでからだ。確か煎餅屋のおばさんが煎餅の金型を踏んづけてしまい、他に金型が無かったのでしかたなくそれで煎餅を焼いて売ったら大ヒットとかそんな内容だった。

かなりアバウトな人？

いやいや失敗を成功へと導くビック・トゥモロー的発想転換術が商売人には必要なのだ。

他に失敗から生み出された物といえば、ペニシリン、ヨーグルト、ポテトチップ、

歴史は失敗で作られる

宍戸錠のホッペタ、パンチョのカツラ、槇原のリリーフ、高橋由美子の髪の色（色抜きすぎて鬼ババアの様になっていた）、などが思いつくが（後半はただの失敗だが）、多分名の知れたあらゆる物には失敗のエピソードが隠されていると見た。おれはその失敗について思いをめぐらせてみたい。

【遠山の金さんの入れ墨】

いくらなんでも毎回悪人に入れ墨見せるのは無理があるだろうと考えた良心的な脚本家は、見せるものをいろいろ考えたに違いない。

「盲腸の手術あと」「蒙古斑」「魚の目」「三つもあるつむじ」「名刺」「両親」「手品」「通

●タイタニック
ジェームズ・キャメロン監督／脚本、レオナルド・ディカプリオ主演。1912年に沈没した夢の豪華客船タイタニック号の悲劇を描いたハリウッド映画。1997年に公開され、世界の映画興行収入記録を塗り替える大ヒット作となった。

知表」「預金通帳の残高」「自分で釣ったメカジキと並んで撮った写真」等様々な物を考え、一回くらい採用され大変な不評を買い、結局やっぱ入れ墨ってことで落ち着いたものと思われる。

【タイタニックのポーズ】

船の舳先《へさき》で空飛ぶかっこするやつ。あれもいろいろなパターンがあったに違いない。

「ディカプリオが両手で女を持ちあげる」「右脇に女を抱え振り回す」「ディカプリオ女の両足を持って舳先からぶら下げる」「海に放り投げる」「ディカプリオが飛ぶかっこする」「女裸になりオッパイ回転させる」

「ディカプリオ全裸になりチンコ回転させせる」「ディカプリオ船員を数人呼び舳先で人間ピラミッド作り、頂上で女に飛ぶかっこさせる」などなど。

キャメロンはこの中のどれかを実際に撮り、大変な不評を買った上で撮り直したなんてこともあったかもしれない。ディカプリオがチンコを振り回していたら、アカデミー賞はなかったであろう。全く歴史とは失敗の上に成り立っているとつくづく思い知らされる。

イチローの結婚には何の感想もない。

何の感想もないなら書かなくてもよさそうなものだが、この「何の感想もない」感じがなぜなのかと思う訳である。

イチローはいうまでもなく、嫁さんもアナウンサーとしてそれなりに有名だった訳で、つまり有名人同士の結婚なのだが、有名人同士の結婚に対する我々一般人の感想は、

「意外だ!!」

「うまくやりやがって、ちくしょー!!」

大体この二つだ。

しかし「女子アナとプロスポーツ選手」の結婚なんて意外性のなさにおいては「女

チチロー

流漫画家と担当編集者」とタメを張るくらいのものだし、「うまくやりやがった」感も何だか薄い。

　確かに弓子の方は玉の輿に乗った訳だし、うまくやったのかもしれないが、あの六億円の豪邸で「チチローと同居」というのが「うまくやりやがって」感を薄めているような気がする。

　いや確かにあのイチローを育てた人なのだからたいした人なのだろう。みんなから尊敬されてもいるのだろう。でも「チチロー」だ。玄関を出たときに、イチローを見に来た小学生から、

「ちぇっ！　チチローかぁ〜！」と言われ

●イチロー
1973年生まれ。本名：鈴木一朗。野球選手。92年外野手としてオリックスに入団。94年にシーズン210安打の日本新記録を達成、以後MVPなど多数の賞を受賞。2001年、米メジャーリーグ、シアトル・マリナーズに入団すると、ここでも首位打者を獲得。大活躍中。


てしまうチチロー。

　外で帽子を落としたときに、「ほら、やっぱりチチロー！」とおばさんに指差されてしまうチチロー。

　ゲーセンでダンス・ダンス・レボリューションをやっているときに、「意外とやるじゃん、チチロー！」と若者に言われてしまうチチロー。

　いや、そんな「愉快なニックネーム」のことはどーでもいいのだ。おれが気になるのは六億円の豪邸を紹介したときに、「この家は階段が一つしかないんです。だから音を聞けば誰が出て行ったのかすぐにわかる」と、うれしそうに語っていたチチローだ。

常に階段の音聞かれてるぞ弓子！　チチローが耳澄ましてるぞ！　チチローの大事な宝物とっちゃったんだからチェック厳しいぞ！　大丈夫なのか弓子!?「教えて、あ・げ・る」なんてのんきなこと言ってる場合じゃないぞ！

ということで、「感想がない」を突き詰めて考えた結果、「弓子が心配」という意外な結論にたどり着いた訳だが、まあ彼女はしっかりした娘だから大丈夫、って親戚のおじさんかおれは？

今の時期よくスポーツ選手やらタレントやらが、一日署長だの局長だの駅長だのやっているが、あれは一体何の意味があるのか?
その仕事を世間の人によりよく理解してもらうためにやるのだとしたら、「長」じゃなくてやはり現場で働いてもらうのが一番だろう。それにせっかくやってもらうのだから、その人の技を見せてもらいたいと思うのは当然だろう。
例えば西武の松坂だったら一日銀行員をやってもらい、銀行強盗に襲われた場合の予行訓練として犯人役の人に塗料の入ったカラーボールをぶつけてもらうとか、一日

一日○○長

郵便局員として年賀状の束を郵便受けに投げ込んでもらうとか、一日バナナワニ園の職員としてワニを投げてもらうとか、そーいった技が見たいものだ。

相撲取りの人だったら、日光江戸村の一日ニャンまげというのはありだろう。逆にニャンまげに飛びついてもらうというのも見てみたい気がする。

力士の団体が来たらニャンまげの人は一体どうするのだろうか？　ニャンまげに入っているのはやはりジャックの人なのか？　ニャンまげの顔はどー見ても犬にしか見えないのだがその辺どー考えているのか？　などニャンまげに関する謎は多々

●ニャンまげ

カルチャーパーク“EDO WONDERLAND”（日光江戸村ほか、加賀、登別、三重の時代村がある）の園内をのらりくらりと歩き回る、招き猫をモチーフとした人気キャラクター。ほかにワンまげ、パンまげなどのキャラクターも存在する。

あるがそれはひとまず置いておくことにする。

技が見たいといえばやはり器械体操だろう。あのリボンくるくる回すのはどーいった職業で活躍しそうだろうか？

【納豆をかき混ぜてもらう】

女子器械体操の選手ほど納豆の糸を巧みに処理できそうな人はいないのではないか？　一日おかめ納豆工場長とかいいと思う。

【トンボを捕ってもらう】

一日トンボ屋店長？　または一日トンボ鉛筆工場長。鉛筆の芯に使うギンヤンマを捕ってもらう。いやウソです。使ってません。多分。では鉛筆を作っている横で手動の鉛筆削りを超高速で回してもらうってのはどうか？　シャ〜とか。

男子器械体操は人間ピラミッドとかでいろいろ活躍できそーだ。普段地味なんだからこーゆー時に目立たないと。

例えば、

【神社の一日すす払い長】

やっぱり地味じゃないか！

何なんだ「一日すす払い長」ってのは？

そんな訳で皆さんも誰にどんな事をして欲しいか考えてみてね。

アメリカで有名人のサイン入り商品を偽造して売っていたグループが摘発された。マグワイアやベーブ・ルース、マリリン・モンロー、マイケル・ジョーダンなどのサインを勝手に商品に書いて売っていたらしいのだが、笑ったのが、

【マザー・テレサのサイン入り野球ボール】

なぜマザー・テレサ？　しかも野球のボールに？

「これほら、マザー・テレサがノーベル平和賞受賞したときに、舞台の上から客席にノックしたサインボール」

シーズン・オフのファン感謝デーかよ！

しかし買った人はいるんだろうか？　私は

サインボール

絶対買う。

　他に誰のサインボールがあったらうれしいだろうか？

【ガンジーが断食してた頃のサインボール】

　断食してた頃だから、齧《かじ》った跡とかあって、「ガンジーも大変だったんだなー」なんて、歴史の本じゃわからない「人間ガンジー」の空腹に必死で耐えてる姿が目に浮かんで、資料的価値もかなり高い一品である。

【雪舟が柱に縛られていた頃のサインボール】

　足を使って涙で描かれたネズミの絵がかわいい、ギャルにも大受けしそうな一品。

●マザー・テレサ
1910～97年（享年87歳）。18歳のときインドに渡り、修道女となる。スラム街に移り住んでの貧困救済活動、行き倒れや重症の人々を収容する「死を待つ人々の家」の開設など、奇跡的な救済活動を展開した。ノーベル平和賞受賞。


ただし涙で描かれているので、うっすらとしかわからないのが難点か。

【板垣退助が暴漢に襲われたときのサインボール】

「板垣死すとも自由は死せず！　中島さん江」震える文字で書かれた、緊張感みなぎるサインボールだ。

しかしご存じのよーに、そのとき板垣さんは死ななかった。だから後日、中島さん宅に、

「あのとき書いたサインボール、悪いけど返してもらえない？　恥ずかしいから」なんて電話をかけただろう事は想像に難《かた》くない。

【ファーブルのサインボール】

ファーブルがふんころがしの生態の研究をしていた頃のサインボールである。古いのでよくわからないが、ボールじゃなくて牛の糞である可能性もある。

私もこれから有名人にサインをもらうときは、アイドルだろうが小説家だろうがサッカー選手だろうが相撲取りだろうが野球のボールにサインをしてもらうことにしよう。おもしろいから。

今やチケット取りがクリオネの飼育以上に難しいといわれる椎名林檎のコンサートに今日行って来たので、チケットを取れずに悔し涙にくれている全国千七百万人（ボツリヌス菌A型一グラムで死ぬ人間の数と同じ）の人達のためにコンサート・レポートとかゆうものを、頼まれもしないのに書いてみようかと思う。

コンサート当日は雨だった。渋谷に着いた私は、雨の中傘さしてNHKホールまで歩くのはだるいと思い、タクシーに乗るつもりで京王井の頭線渋谷駅のエスカレーターを降りたところ、目の前に「NHKスタジオパーク行き」のバス乗り場がある

椎名林檎コンサート〈前編〉

ではないか。これならタダでＮＨＫまで行けるなどと、デパートの送迎バスと同じ感覚でバスに乗ったら、乗車賃百五十円の表示。金とるんかいＮＨＫ？　受信料ちゃーんと払っとるわいから金とるんかい！　などと大阪弁な怒りに駆られつつシートに座ると、ドアを閉めたとたん、運転手がとんでもないことを口走った。

「いつもはＮＨＫの前に停車するのですが、本日はデジタルなんとかフェスティバル開催中のため、ＮＨＫの地下入り口前に停車いたします」

　私が行きたいのはＮＨＫではなくその横のＮＨＫホールだ。開演時間が迫っている

●椎名林檎
1978年生まれ。98年、シングル「幸福論」でデビュー。以来、シングル9枚、オリジナルアルバム3枚を発表し、チャートをにぎわした。2004年ソロ活動を休止し、バンド・東京事変として活動を始める。

というのにNHKの地下なんぞに停められたら一体どーなるのか？　まさかあのNHK見学コースを一巡しないと外に出られないなんて事にはなるまいか？
　このバスは「NHK行き」ではなく「スタジオパーク行き」だ。スタジオパークといえばあのお昼にやっている、毎回何で今さら？　というよーな中途半端なゲストを招いてぬるいトークを繰り広げる『スタジオパークからこんにちは』だ。まさかあのスタジオに自動的に連れ込まれるのではないだろうか？　で、あの恒例の「最後に見学者がゲストの周りを囲んで記念写真」をやらされるのではないだろうか？　あの記念写真のメンバーにだけはなりたくないと常々考えていた私だ。

椎名林檎のコンサートに行くつもりがとんでもないことになってしまった。途中で降りようにもこのバスは直通バスなのでどこにも停まらない。

そしてバスはＮＨＫに到着した。（続く）

椎名林檎のコンサートに行くため渋谷駅前のバスに乗ったところ、ＮＨＫの地下にバスが停車してしまい、はたしてコンサートに間に合うのか？　といったところまで書いて終わってしまった訳だが、その後、本稿の連載誌「ぴあ」がゴールデン・ウィーク合併号だったため締切が一週間のび、私は温泉でリフレッシュすべく箱根へ向かった。

箱根湯本駅であの素朴な箱根登山鉄道を待っていると、そこに入って来たのは車体の側面にバカボン一家やニャロメの絵が描かれたとっても素敵な赤塚不二夫号であった。

椎名林檎コンサート〈後編〉

箱根の温泉で渋い休日を想定していた私にはいささかショックではあったが、仕方なく乗る。

車内の広告は全て赤塚不二夫の漫画。車窓の上に並ぶのは「天才バカボン」の新作書き下ろし漫画の原稿。

もちろん私はギャグ漫画家であり、赤塚先生は大変尊敬しているし「天才バカボン」はバイブルのようなものだが、こんなところで周りを囲まれてしまうと、ちょっと勘弁してくださいといった気持ちになってしまう。

大体こうゆうイベントに使われる漫画はいつも見ているものとは違う、毒の抜かれ

●赤塚不二夫

1935年生まれ。「おそ松くん」「ひみつのアッコちゃん」「天才バカボン」「もーれつア太郎」などの傑作を発表。「シェー」「ニャロメ」などの流行語を生み出し、ギャグ漫画の王様とうたわれる。

たぬるい漫画であることが多い。

そう思いつつ車窓の上に並ぶ原稿を読んでみたら、

バカボン「パパ、ネコをひろってきたよ」

バカボンのパパ「よし、さっそくスキヤキにするのだ」

一コマ目からこれだ。すばらし過ぎる。さすが赤塚先生だ。その後も「スキヤキ」を連呼するパパ。こんな漫画を車内に展示する箱根登山鉄道もすばらしい。

それだけじゃない。車内のアナウンスはバカボンのパパの声だ。

「次は宮ノ下なのだ」

こんな感じだ。

「スイッチバックのため一時停車いたします。なのだ」

丁寧な言い方の後、無理矢理「なのだ」を付ける所が微笑ましい。

この電車は彫刻の森でやっている「赤塚不二夫展」の関連イベント電車だ。

で、椎名林檎のコンサートである。

もー大変素晴しいコンサートでした。詳しくは音楽雑誌を見て下さい。以上。

『M:I-2《ミッションインポッシブル》』の試写会に行って来た。予想はしていたが、ジョン・ウー全開バリバリ映画だった。時々流れるあのおなじみのテーマソングで、そういえばこれ『スパイ大作戦』だったのかと思い出すくらいだった。『フェイス／オフ2』と言われれば、そう思ったかもしれない。顔がころころ変わるし。

後半になるにしたがって、ジョン・ウーがどんどんむき出しになってくるようだった。まるで坂を転げ落ちて行く舞妓さんが、かつらや化粧や着物がどんどん取れていって、最後には元の女子高生になっていたといった感じじか。よくわからんが。

ウー

オープニングでトム・クルーズがロッククライミングをしている。これがすごい場所で、舞台挨拶でジョン・ウーも大変危険な撮影だったと語っていた。しかしこれは内容と全く関係がない「休暇中」のシーンだ。スパイは休暇中も命懸けってことか？もしかして命懸け好きな人？

多分こーゆー人達は普段の生活も命懸けなんだろうと思う。

「冷やし中華には練りからし一本かけて食う」

「スーパーで買った食品は賞味期限が切れるまで食べない」

「扇風機かけたまま寝る」

●ジョン・ウー

1948年、中国生まれ。10代のころから映画製作に興味をもつ。86年、香港ノワール『男たちの挽歌』が大ヒット。90年代に入るとハリウッドへ進出し、『ブロークン・アロー』『フェイス／オフ』『M：I－2』などを監督。世界的な評価を受けている。


「塩素系タイプのトイレの洗浄剤を酸性タイプのものと混ぜて使う」

「電車に飛び乗る」

「濡れた手で電気器具を扱う」

「フグは自分で調理して食べる」

「扇風機のファンを手で止める」

とか、多分毎日こんなふうに過ごしている人達なのだろう。


この映画のなかでトム・クルーズは、女をナンパするために崖っぷちの道路でカーチェイスしている。ナンパも命懸けだ。『スパイ大作戦』で指令を伝えるテープはいつも「自動的に消滅する」とかいって煙を出していた。あれ、目立つんじゃねーの？

といつも思っていた。

今回のそれはテープじゃなくてサングラスだ。そのサングラスをかけると映像が映し出されるしくみだ。しかしそのサングラスの渡し方がすごい。ヘリコプターで近くまで来て、ミサイル型のカプセルに入れてトムの足元に打ち込むのだ。

目立ち過ぎ！

まあそういったことも含めてジョン・ウーということで、みんなで観に行こう。

「モーニング娘。」には「。」が付くことに、なぜみんな厳しいのだろうか？　そんなに大事なものなのか？　なんか意味あるのか？　いや、別に聞きたくはないが。「つのだ☆ひろ」の☆はどうか？　やはり厳しかろう。「つのだ・ひろ」なんて書こうものなら、引っ越しのサカイの「もっとキッチリ掃除しておくれやす」みたいな血相変えた親父が、飛び込んできて、訂正されそうな気がする。

確かに☆があっての「つのだ☆ひろ」であり、「ダイヤモンド☆ユカイ」であろう。たとえ本人が、実はそんなものどうでもいいと思っていたとしても、周りが許さない

☆

だろう。周りの人間が全部世話焼きババア状態である。実家から帰るときに、荷物になるからいらないって言ってるのに持たされる缶詰、それが、つのだやダイヤモンドにとっての「☆」なのかもしれない。

　さて、そんな洗っても洗っても落ちない、歯磨きのシミみたいなマークではあるが、つい、付けてやりたくなる名前がある。あの人の名前にこんなマークが付いていたら、ステキなのに！　そんな名前だ。

【ラフカディオ・ハーン】

　小泉八雲の本名である。私としては、ハーンの「ー」を「〜」にして、最後に♡を付けてみたい。

●乱一世

東京出身。1976年、ラジオ番組『ザ・パンチ・パンチ・パンチ』のパーソナリティーとして芸能界デビュー。独特のスピーディーな口調でテレビの司会やナレーション、映画俳優としても活躍。深夜テレビ番組『トゥナイト』では13年にわたってレポーターを務めた。

【ラフカディオ・ハ〜ン♡】

「怪談」を書いた、怖い作家といったイメージが、ハートマーク一つで、こんなに色っぽいイメージに変わってしまうから不思議だ。

【チンギス・ハン♡】

でもいい。この場合、ハンの後に小さい「ッ」を入れて、

【チンギス・ハンッ♡】

としたいところだ。これだけで、モンゴル帝国の皇帝が、レモンハートな女子高生のイメージに変わってしまうから世の中おもしろい。

日本人ではどうだろうか？

【乱♪一世】
どうだろうか？　楽しげな感じになったのではないだろうか？
【ランラ乱♪一世】
だともっといいが。あと和田勉は、
【和田べんべ勉♪♪】
がいいと思う。ぜひ改名していただきたい。

他に、【保積ぺぺ!?】【下條アトム!!】【ロミ??山田】など、一風変わった名前には、あらかじめ「！」とか「？」をつけておけば、いちいちつっこむ手間が省けると思うがどうか？

渋谷や新宿を歩いていると、たいていどこかでテレビ番組のインタビューが行われている。昔はテレビカメラやらマイクやら持っている連中がいたら、みんな集まってくるか、石投げるか、窓閉めて一行が通り過ぎるまでじっとしているか、目を閉じて唇を突き出すか、生け贄を捧げるか、大騒ぎだったものだが、いまはもうみんな平気である。またやってんのかくらいの顔で一瞥した後、平然と通り過ぎてゆくだけである。見ない奴もいる。空気みたいな存在と化しているわけだ。インタビュアーの前で平気でおならをする、素っ裸のまま歩き回る、勝手にチャンネルを換える、娘の歯ブ

インタビュー

ラシで歯を磨く、などやりたい放題である。
　私は都心に出るとき、常にインタビュー
された場合どう答えたらいいか考えながら
歩いているのだが、いまだかつてインタ
ビューなどされたことがない。宗教の勧誘
か、警察の職務質問くらいのものである。
だいたいああいったものは、一目で何を
しているのかわかる人のところじゃないと
寄ってこないものなのだ。
　じゃあ、ピエロのかっこして歩けばどう
か？　行司のかっことか、水着姿で「四ラ
ウンド」と書かれた看板を持って歩いたら
どうか？　インタビュアーは寄ってくるだ
ろうか？　寄ってこないのである。どお見

●漢方薬

数千年の歳月をかけた生薬の効き目や安全性の経験から、患者の症状にあわせ調合した薬。薬一つでいくつもの効能がある。主に風邪に効く葛根湯、二日酔に効く五苓散、ヒステリーを抑える抑肝散、関節痛に効く芍薬甘草湯などが有名。

ても普通の主婦とか、普通の女子高生とか、普通のサラリーマンとか、はっきりとした一般人でないとだめなのだ。

「一見普通のサラリーマンだが、よく見たらネクタイが風鈴」とか、

「一見普通の主婦だが、エプロンが毛皮、その上ポケットの中から顔をのぞかせている鳥はヤンバルクイナ」みたいな中途半端な人には近づいて来ないのである。

よしんば、その辺をクリアして、見事インタビューされたとしても、質問の内容をこちらで決めることは出来ないのである。

「好きなタイプのブラジル人は？」

いきなり原宿辺りで、こんな質問をされ

てすぐに答えられるだろうか？

「つい買ってしまう漢方薬ベストテンは？」

漢方薬である。しかも十個も。普段から何でも試しておかないと、いきなり来られても答えられないのだ。

人生に大切なのは好奇心。そしてわかりやすい身なり。そんなことを、私に近づいて来ないインタビュアー達に教わった気がする。

人にはそれぞれ事情がある。
小田急線で時々見かける、ハゲ頭を油性マジックで黒く塗りつぶしている親父にもきっとなんらかの事情があるはずだ。
近くの公園にいた、銀座線の駅名を叫びながら体操していた少年にも、なにかそうせざるを得ない事情があったのかも知れない。いじめの一環として、誰かに無理矢理やらされていたのかもしれない。「銀座線の駅名を叫びながら体操すれば治る病気」にかかっていたのかもしれない。世界中の飢えた子供達を助けるための、彼なりに考えたおまじないだったのかもしれない。それは本人に聞いてみないとわからない。

それぞれの事情

歌舞伎町のビル火災で犠牲になった人達の中にだって、遊びに来ていた訳じゃない人もいただろう。背中がかゆくてかゆくて、ビルの壁に背中をゴリゴリ押しつけながら歩いていたら、知らぬ間にあそこのビルの中に入ってしまい、階段をずんずん上ってしまい、被害にあったなんて人もいるかも知れない。しかし、死んでしまったらもう言い訳はできないのだ。本当に悔しかろうと思う。

　私たちの日常にも、事情を説明して回りたくなるようなことが多々ある。例えば、トイレで手を洗っているときに、股間の辺りに水がかかってしまった、なんてとき。

●歌舞伎町のビル火災

2001年9月、東京は新宿・歌舞伎町の雑居ビルで44人の死者を出す火災が発生した。火元は3階麻雀店のエレベータ付近。これが4階のキャバクラに延焼し、3階にいた客と従業員19人中16人、4階にいた客と従業員28人中28人が命を落とした。

いったい、その水がシッコじゃないということを、どうやってみんなに説明すればいいのか？　一緒にいる知り合いにならいい訳できるが、回りにいる見ず知らずの人達に対してはどうすればいいのか？

①大声で「手を洗ってるとき、ズボンに水がひっかかっちゃったよ！」と言う

これが一番普通だが、わざとらしい。却って怪しまれる可能性がある。

②全身に水をかぶる

シッコだと思われる可能性は減ったが、病気になる可能性がある。

③自殺する

シッコだと思われる可能性も病気になる

危険性も減ったが、いかんせん死んでしまう。

こんな些細なことですら、いや、些細なことだからこそ、見ず知らずの人達に事情を説明することは難しい。それが犯罪ならば、無実を大声で主張することも出来るが、ズボンにシッコひっかけたくらいのことでは為す術がない。だが言いたい。みんなに説明したい。独り言として言うから、聞くともなしに聞いていてくれ。

あれ?

何でみんなおれを避けて通るんだ?

おい!!

テロ事件だのワールドシリーズだので毎日ニュース番組で映し出されるニューヨークの映像。しかし私にとってのニューヨークのイメージといえばなんといっても『タクシードライバー』だ。トム・スコットのけだるいサックスの音色と共に、マンホールから吹き出す蒸気の中からタクシーがぬーと現れて、ニューヨークの夜を阿鼻叫喚の地獄絵図に塗り替える、そんなホラー映画みたいなやつじゃなかった気もするが、やっぱニューヨークはあれだべ！ってことで、『タクシードライバー』コレクターズ・エディションDVDってやつを買った。

モヒカン

どの辺がコレクターズ・エディションかっていうと、特典映像ってのが付いているんだよ。その中にメイキング・ドキュメンタリーってのがあって、これが面白いんだけど、ファンとしてはやっぱり観ない方が良かったんじゃないかっていうものなんだわ。特撮もののファンってのは最初から作り物として映像を楽しんでいるわけで、だからメイキング映像を観ても楽しめるんだよ。まさかゴジラやガメラが本当にいると思ってて、メイキング観て胸なでおろしてる奴なんかいないだろ？　だけど『タクシードライバー』みたいな映画はみんなかなり信じてるんだよ、デ・ニーロの取り憑

●タクシードライバー

ニューヨーク、夜のダウンタウンを流すひとりのタクシードライバーを主人公に、現代都市の狂気と混乱を描出した1976年のアメリカ映画。監督／マーティン・スコセッシ、主演／ロバート・デ・ニーロの名を世界に知らしめたカンヌ国際映画祭グランプリ受賞作。

かれたような演技とか、実際にあった事件を基にしてるってこととか、映像のリアルさとかがあって、あの世界にかなり入り込んでいるファンはいっぱいいるんだよ。

モヒカン頭。『タクシードライバー』といえばモヒカンだ。なぜモヒカンになる？

当時中学生だった私は悩んだ。カーリーヘアじゃだめだったのか？　いややっぱりモヒカンだ。モヒカンで正解だろう。しかしメイキングを観てもっと悩むことになった。あのモヒカンがかつらだったのだ！それもあの毛の部分をスキンヘッドにのせただけではなく、ハゲ部分を含めて全体がかつらだったのだ!!　つまりカトチャン状態だった訳である！　あの完璧主義者のデ・ニーロがなぜ実際モヒカン頭にしなかったのか？　その後二十七キロ体重増やしたり毛抜いたりした男が、なぜ？　なぜドリフみたいなマネを！　お母さん悲しいよ！　まあ、電撃ネットワークのメンバーじゃないんだから、実際やらなくてもいいんだけど、それにしてもずいぶん長いことおれはだまされていたかと思うと大変に悔しい今日この頃だ。

相撲を観に行った。桟敷席だ。桟敷席ってのは四人座れる正方形の見物席だ。枡席とも言う。高いらしい。もちろん人の金だ。土俵の回りが一番高いのかと思ったら、枡席の方が高いらしい。あの辺は「砂かぶり」という。席の下に「妖怪砂かぶり」がいるからだ。うそだ。それにしても「砂かぶり」ってネーミングはすごいな。砂がばんばんかかってきそうだな。通にとってはそれがたまらないのだろう。そのやせ我慢ぶりが江戸っ子っぽい。

「おいら口の中の方がジャリジャリでい！」

「てやんでぃ！　こちとら体中の穴っちゅう穴全部ジャリジャリでぃ！」

相撲

とか、江戸っ子は相撲のあと自慢し合うのであろう。江戸っ子でなくて本当に良かった。

演劇やコンサートの舞台の最前列も、もしかして「ツバかぶり」とか「汁かぶり」とか呼ばれているのだろうか？

「ツバかぶりあるよ。ツバかぶり、ツバかぶり！」

「汁かぶり無いか？　汁かぶり、汁かぶり！」

「ツバツバツバ！」

「汁汁汁汁汁！」

そんなダフ屋の叫び声をそういえば聞いたことがあるような気がしてきた。

●国技館

相撲は日本の国技である。年に6回開催される本場所のうち、初、夏、秋の3回が東京の両国国技館で行われる。駅前から力士の名前が染め抜かれた幟がはためき、場所中は相撲一色。周辺には引退した力士が開いたちゃんこ鍋屋も多い。

枡席は飲み食い自由だ。国技館オリジナルの弁当やおつまみがいっぱいもらえる。コップには栃東のイラストが入っている。なぜ栃東？　と思っていたのだが、今場所優勝してしまった。相撲もしばらく見ないうちに若手力士の時代になっていたらしい。

モンゴル出身の力士もいつのまにかずいぶん上の方にいる。見た目は日本人と全然変わらないが、本名はすごい。朝青龍《あさしょうりゅう》の本名は、ドルゴルスレン・ダグワドルジだ。ものすごく強そう。旭天鵬《きょくてんほう》の本名は、ニャムジャブ・ツェベクニャムだ。こっちの方は寝言でうなされてるみたいな名前だ。本名対決ではダグワドルジの圧勝といった感じか？　対決させる意味はないんだが。

相撲取りと違い、行司は「木村」か「式守」しかいない。必ずどちらかだ。だから町中で行司を見かけたら、

「あれ木村、ひさしぶりじゃん！　どこ行くの？　免許書き換え？」

「式守じゃん！　どうしたの、おめかしして？　献血？」

などと適当にどちらかの名前で呼びかければ二分の一の確率で、友達の振りが出来るわけである。機会があったら是非。

近頃の歌は「きみ」だの「ぼく」だのばっかりで、しかも婦女子の歌う歌の人称代名詞がその二つだから一体誰が男で誰が女なんだかさっぱりわかりません。「あたし」とか「あたい」とか「きさま」とか「おのれ」とか、もっとはっきりした言い方があるだろうになぜ使わないのか？　実際知りあいに「きみ」とか言われたら腹が立たないか？　ましてや「きみを守りたい」なんて言われた日にはその厚い胸板に飛び込んで五寸釘打ちたくなろうってもんじゃないのか？　よくわかりませんけど。

明治時代の唱歌の歌詞を見るとピシっとしてますよ。「本当の自分を捜して」なん

きみ

て軟弱なこと言ってるやつはひとりもいません。

「いざわが友小舟出せ」とか「高く歌え」とかみんな命令調です。

ハトなんか、「豆をやるからみな食べよ。食べてもすぐに帰らずに、ポッポポッポと鳴いて遊べ」なんて遊び方まで指示されちゃってますよ。豆もらうんだから、それくらいのサービスは当然と言えましょう。当然の権利をはっきり主張する強さを見習いたいものですね。

「寄宿舎の古釣瓶」って歌はすごいですよ。釣瓶とは井戸の水を汲み上げる桶のことです。

「学期試験の　準備につとめし幾千の学生が　脳充血を冷やして癒さん　氷となりぬ」

「のうじゅうけつ」ですよ！　水をかぶったとたん、勉強のし過ぎでパンパンになった頭から、血液がしゅ～っと引いてゆく様が、目に浮かんできそうではないですか！

「運動会の　競技にきおいし　幾その侠児《チャンピオン》が　背中の汗を　洗いて落とさん　浴湯となりぬ」

「侠児《チャンピオン》」ってところは実際どう歌うのか謎ですが、どうでしょうかこの男臭さは！

　古井戸の釣瓶でこんな歌になってしまうのだから、下駄箱や、風呂で洗うときに使

●唱歌

明治から昭和はじめにかけて学校教育用に作られた曲。「仰げば尊し」「鳩」「われは海の子」などなど。また、今でいう“音楽”の授業にあたるものを、“唱歌”と呼び、歌唱指導の時間としていた。

う椅子だったら、一体どれほど男汁満載の歌になっていたでしょうか？　想像するだけに恐ろしい！

あと「散歩唱歌」って歌はすごいですよ。歌詞は本当にほのぼのとしたどうってことない散歩の歌なのですが、何とこの歌、春夏秋冬合わせて五十番まであるんです！　散歩するだけなんですよ！　どこまで行くつもりなんでしょうか？　八甲田山死の行軍並みのスケールで描く散歩の歌！　もう本当に明治時代の人ってすごいですね。見習いたいものです。

あとがき

「うなされ上手」は『Weekly ぴあ』で一九九九年十月から二〇〇二年七月まで連載されていたエッセイを厳選抽出し、二年六ヶ月の間醸造させた、大変味わい深いエッセイ集でございます。

「人はなぜうなされるのか？」をテーマに、「起きてる時もうなされたい！」「仕事中でもうなされたい！」「勉強の合間にうなされたい！」「ちょっとした暇つぶしにうなされたい！」「海や山でうなされたい！」「彼女と二人でうなされたい！」「世界で一番うなされたい！」「うなされながらも最後にはちょっと泣きたい！」「今までうなされる振りをしていた私だけど、今夜は本当にうなされたい気分！」「今夜はとことんうなされたい！」「徹底的にうなされたい！」「ダメモトでうなされたい！」

「うなされてもうなされても、それでもやっぱりうなされたい！」「うなされてるときのあなたが一番好き！」「あなただけにうなされたい！」「ママに内緒でうなされたい！」「友達の家に泊まるってウソついてでもうなされたい！」「結婚を前提にうなされたい！」「大人の振りしてうなされたい！」「男らしく最後までうなされたい！」「生まれ変わってもうなされたい！」、そんなディープな「うなされマニア」のあなたのために、とっておきの「うなされ」を多数ご用意いたしました。

この本を読んで、楽しく快適な「うなされライフ」をエンジョイしていただければ幸いでございます。

ぴあ連載中担当だった大澤さん、小林さん、単行本にまとめてくれた晶文社の倉田さん、装丁の池田さん、関係者の皆様、ありがとうございました。

中川いさみ

本書は「Weekly ぴあ」(1999.10.25〜2002.7.1)に連載
された「うなされ上手」を、加筆修正してまとめたものです。

著者について

中川いさみ（なかがわ・いさみ）

漫画家。一九六二年、神奈川県生まれ。九〇年に発表した「クマのプー太郎」が大ヒット。思わずニヤリとする摩訶不思議な世界観で数多くのファンを魅了している。

著書に『クマのプー太郎』『大人袋』『ゴムテ』『カラブキ』（以上小学館）、『ポグリ』（角川書店）ほか多数。

うなされ上手《じょうず》

二〇〇五年二月五日初版

著　者　中川いさみ

発行者　株式会社晶文社

東京都千代田区外神田二―一―一二
電話東京三二五五局四五〇一（代表）・四五〇三（編集）
URL http://www.shobunsha.co.jp

中央精版印刷・三高堂製本